飞扬·青春校园记忆美文精选

星星不睡

省登宇 主编

国际文化出版公司
·北京·

图书在版编目（CIP）数据

星星不睡/省登宇主编. －北京：国际文化出版公司，
2012.6（2024.5重印）
（飞扬·青春校园记忆美文精选）
ISBN 978-7-5125-0372-4

I.①星… II.①省… III.①散文集－中国－当
代②短篇小说－小说集－中国－当代 IV.①I217.1

中国版本图书馆CIP数据核字（2012）第110344号

飞扬·青春校园记忆美文精选·星星不睡

主　　编　省登宇
责任编辑　艾　迪
统筹监制　葛宏峰　李典泰
策划编辑　何亚娟　黄　威
美术编辑　刘洁羽　王振斌
出版发行　国际文化出版公司
经　　销　国文润华文化传媒（北京）有限责任公司
印　　刷　三河市同力彩印有限公司
开　　本　700毫米×1000毫米　　　16开
　　　　　10.25印张　　　　　　134千字
版　　次　2012年6月第1版
　　　　　2024年5月第2次印刷
书　　号　ISBN 978-7-5125-0372-4
定　　价　39.80元

国际文化出版公司
北京市朝阳区东土城路乙9号　　邮编：100013
总编室：（010）64270995　　传真：（010）64270995
销售热线：（010）64271187
传真：（010）84271187－800
E-mail：icpc@95777.sina.net

CONTENTS 目录

第 1 章　寻找不是用眼睛

时光纷至沓来 ◎文/梁雪　　　006

寻找不是用眼睛 ◎文/胡子赫　　　021

天使 ◎文/朱磊　　　025

第 2 章　浮生梦蝶

浮生梦蝶 ◎文/朱蓓　　　044

洞中游记 ◎文/黄佯谷　　　049

倾国倾城 ◎文/胡子赫　　　071

第3章　星星不睡

种子 ◎文/胡正隆　　　　　　　　078

天上的阳光 ◎文/王天宁　　　　091

星星不睡 ◎文/木楠　　　　　　105

我爱你有116斤那么多 ◎文/王君心　115

第4章　少年之王

光彩 ◎文/王天宁　　　　　　126

少年之王 ◎文/木楠　　　　　138

表弟 ◎文/陆俊文　　　　　　145

植物链 ◎文/王君心　　　　　154

目录 CONTENTS

第1章

寻找不是用眼睛

直到我搬离筒子楼,我才发觉自己没了家,像失魂落魄
的拾荒者,只想找回过去的旧时光,
却发现再也回不去了

时光纷至沓来 ◎文/梁雪

一

从时光里漫过的海潮淹没掉黄昏的背景，左手是被轻掐过的四瓣丁香，单薄的花瓣上留下深色的弧线；右手是嘀嗒奔跑的秒针，颓旧的样子却仍旧固执地存在。

断掉的纤维始终是接不回来的吧。分子间的引力有多大，斥力也可以相等的有多大。

在心中理所当然地消失了的那个位置，其实即使紧紧握住也终会像沙石一样渐渐溜走。

在我的世界里看到身影缓缓变浅，面成线，线成点，散开的光点如萤火虫般飞去，在海平线处燃尽生命。

你彻底调离我的生命。

攀附上来的不是藤草也不是花朵幽兰。莫名其妙的恐惧缠绕住心脏，流动迟缓的血液聚集到一起。

我们在时光冰冻成碎片时逃离。

回忆里听到断断续续的声音。

你为什么还在这里？

在某个时刻看到你逆光而行的背影，零碎的数字像倒计时一般撒来。

正向我飞来的，是消逝的时光还是未来的黑暗。

二

夏璃缓缓地将电暖水瓶的插头拔掉，左手握住壶把微微倾斜，右手将盖子打开。满满的水一下溢出来，迟疑住的夏璃右手未及时躲开，被热水烫伤红肿起了一片。她轻呼一声。

从宿舍进门左边第二个床位所挂的蚊帐中传出难掩的笑声，许馨从中探出头来，眼角眉梢仍是掩不住的笑意，嘴角扬起的弧度难以降下："怎么了？"

"没什么，烫伤了。"

"真够不小心的，"许馨重回到蚊帐中，键盘和 QQ 的声音此起彼伏，许馨的笑声蔓延开来，间歇传来的声音冷漠而不真切，尖锐到刺痛耳膜，"右边抽屉里有 OK 绷……"

夏璃微低下头，左手拉开抽屉，打开，药品乱乱糟糟地堆放到在一起，她咬了咬唇，别扭地翻找起来，右手早已经红肿，冒出水泡。

"为什么水瓶只剩下一个盖子？"

"啊？"许馨回应一声，仍旧不停息地敲击着键盘，"因为我嫌太麻烦了嘛。里面那个瓶塞那么紧。"

平时随意地使唤夏璃，无论是帮忙抄笔记还是肚子饿了，许馨招牌式的"夏璃你帮我"一出现，夏璃便会毫不犹豫地去做，然而当夏璃发烧到 39.8 度，许馨仍旧悠闲地描着眼线，对床上的人说一句"你好好休息啊"。

夏璃找不到语气中的关心之意。

在背后和别人说"她是装病啦，我也不好意思揭发啊"——许馨没有任何愧疚之感。

夏璃是整个系里最小的一个，1991 年出生。比其他人小了两岁。许馨会每天 24 小时在线一般地聊 QQ，而夏璃的 QQ 号早在高中时期就被盗走，在同学的鼓动下又重新申请了一个。电脑里传来嘀嘀的声音，夏璃点开，是系里群的邀请。

进入群页面的时候，看到了自己高三的时候丢失的账号不断地闪动，名字都没有改。

"我说 90 后就是脑残吧。"

"许馨你别这么说啦，夏璃不是也很聪明么。"

"别人不知道，我知道哦。"

"夏璃她是靠小抄啦，虽然不想说但是她太过分了！"

"哗啦"的翻书声、头顶的电风扇在不够寂静的教室里发出的"呼呼"的响声和凉凉的气流、外面的走廊传入的零碎脚步声和谈话声不和谐地交叠在一起。

女生微斜的刘海垂下，被风吹得一起一伏，明亮的灯光使其在眼周投上大片的阴影。墨色的墨水被不断拓印到白纸上。

身旁坐着的人轻蔑地笑了一声，碎冰似的刺入夏璃的耳膜，微微颤抖起来。许馨用手肘使劲地推了一下夏璃的左臂，纸上划过一道触目惊心的弧线。

"哎呀，对不起，看夏璃你太认真了，想叫你放松一下的……许馨眨起魅惑的大眼，前排的男生被吸引地转过头来，"不小心就……"

"唔。没关系。"

打算重新低下头去安心做题，前方的男生突然伸出握成拳的手，在自己的面前缓缓地摊开，手心处是小瓶的药水。

"治疗烫伤很好用。"

"啊……谢谢。"

左手迅速地搁置下笔，将药水藏进口袋里，不想让它在许馨面前多留片刻。

也许喻浅翔对自己的好会变成许馨对自己报复的理由。

窗外的橘色渐渐退去，紫红色大片大片地渲染开来。被称作是"火烧云"的景色映了满眼，却仍旧改变不了天空正在变暗的事实。

你生命里的一点一滴像被吸入慢性毒药和空气中少量的有害气体，血液渐渐被染成黑色。火舌挤爆血管的那一刻，你希望是由血液熄灭烈火，然而那股流出的，发出令人恶心气味的黑色油状液体彻底出卖了你。

夏璃的左手在口袋中紧紧地握住药水瓶，纤长的手指骨节突出，青筋若隐若现，她没有发现许馨在一旁露出略带欣慰的笑容。

许馨你都是故意的吧。露出无辜可怜的表情，背地里恶言相向。

几年前的你在我的面前笑靥真诚如花，黑夜里暗自交握在一起的手温暖纤长。

是你都忘记了。还是在时间里你逆光而行的脚步声逐渐远去，最后彻底消失。

三

夏璃从小便认识许馨了，即使说是"青梅竹马"也不为过。两家的父母曾在一起工作过，而且是邻居。许馨被夏璃当做是姐姐，前者天真可爱地对后者指手画脚。但怎么看都是开玩笑般的。

夏璃对许馨养成了惟命是从的习惯。父母甚至为了让两人互相照顾而让夏璃提前了两年上学。女生学得很吃力，许馨偶尔会帮忙。五六岁的年纪，放学只能看到许馨的父亲或者母亲等在一旁，自己是只身一人。然后终有一天哭了出来。

从什么时候开始，手被人紧紧地握住，转过头去是许馨真诚灿烂的笑脸。

你那时紧握住我的手，让我感觉到了整个世界的存在，而此刻你却用它将我推向一个陌生的地方。

你都忘记了么？

大概许馨和夏璃生命中唯一的变数就是那个名叫喻浅翔的男生，

从初二开始的同学。

夏璃一开始对他的评价是"许馨的朋友"，不久之后改成了"敌人"。

"抢走我和许馨友谊的敌人。"

一直到15岁，高二的时候才朦胧地感觉到了什么，其实是许馨喜欢他。是许馨自己开始疏远夏璃。

然而最糟糕的是，夏璃发现，自己似乎好像也许是……喜欢上了那个男生。

如现在，喻浅翔还未转过头去，虽然不想让许馨又去报复什么的，夏璃还是忍不住问，"怎么知道的？"

男生半侧的脸线条分明，黑色的眼瞳盯着夏璃放于桌上的右手，"许馨说的——而且，太明显了。"

已经肿起来了。

可是许馨又是怎么跟你说的呢，是"她故意烫伤自己装可怜"还是"平时坏事做多了报应"。

但如果说只是用略带不屑的语气说"夏璃真是不小心啊"之类的关心话语，那么自己之前给她的丑恶的定义就开始站不住脚。夏璃无法再认同"我们还是朋友"这种看法，她已经认定了许馨对自己的狠毒，这样在心里咒骂她才会觉得心安理得。

四

许馨早在大一的时候就被问过为什么QQ昵称会是"璃月"，怎么看都像是夏璃的。最后却理所当然地被认为是"因为是最好的朋友"。

就像是夏璃的附属品一般，所有的目光都投向夏璃，而自己则是她在灯光下投出的影子。

所以在自己不经意间说出了种种恶毒的话语。在某些细节上做出了令夏璃会感到麻烦的事。将重要的东西放在右手边，因为夏璃惯用左手；在别人面前扭曲事实，因为夏璃人际关系本来就不好；甚至盗用她的 QQ 号。

连名字都没有改。

自己的理智无法理解，有那么一种因子在潜意识里告诉自己要这么去做。

大概只是希望夏璃注意。

可能只是想让夏璃不再冷冰冰。

也许只是为了挽救这份单薄的友谊。

其实到底是期待什么东西能够彻底阻止自己，但是"我们不是朋友"这种想法已经根深蒂固的夏璃，无疑只是加速剂。

夏璃的右手一周后就好了，只是虎口偏下处有点小小的印迹。许馨目视前方，有一搭没一搭地和两个人谈话。

直到听见喻浅翔问夏璃："你终于申请 QQ 了？"许馨才微微颤抖起来，似乎血液都开始振动，手心沁出细汗。

"啊。是被盗了后重新申请的。"

操场外的柏油马路上车子疾驰而过，强烈的气流扰到了楼顶尖塔上的鸽子，翅膀扇动的声音过后，天空上多出了大片移动的白色块。地面上有被太阳蒸出的热气微微地向上，草木间摩擦的细小声响被隐匿在夏璃最后的话里。

"唔——也不大对。更准确地说是'借'给别人了。"

五

夏璃最后用了"借"这个字，并不是表示她可以原谅许馨。而是为了让许馨明白，自己都是知道的，知道她究竟做过什么——在被自己认为是许馨喜欢的人，喻浅翔面前。男生在两个女生的勾心斗角中不知从何时起变成了局外人，开始变得微不足道起来。

男生有些莫名其妙地看着同时止住脚步的夏璃和许馨两人，"什么是'借'？"

"因为迟早要还回来。"

夕阳像油彩一样融进天空，紫红的颜色，像是人类身体里涌动着的血液一样的颜色，从此刻开始架空的心脏急剧地紧缩。

明明当初希望夏璃尽早发现的。

可是为何现在却无端地生出恐惧。

"哎？还能找回来么。"

"大概……不。是一定。"

对自己向来言听计从但同时也总冷冰冰的夏璃，开始实施报复了。许馨不难得出这样的结论。小时候女生之间的算计心计不过是类似于"A有了娃娃，所以B也一定要有一个更加漂亮的娃娃"或者是"B有一个漂亮的娃娃，A想要借来玩而前者坚决不让"。是小孩子天真的嫉妒和自私，只不过是攀比与自傲心理作祟。

明显与现在的级别不同。

许馨一大早到了教室的时候，手刚碰到储物柜柜门便自动掉了下来，许馨惊愕的叫声和铁质门板摔在地上"哐嘟"的声响将周围人都吸引了过来——明显是有被人撬过的痕迹。

"啊，怎么会这样的？"

人群迅速聚集到许馨周围，都带着安慰的神色。许馨看到夏璃站在最外围，面无表情地靠着墙，盯着自己略带恐慌的脸。许馨突然意识到自己应该镇静。

"大概是谁嫉妒了来报复的吧。"

"咦？对啊，这种人很多呢。夏璃？"

话又转到夏璃的身上，众人随着许馨的目光瞟过去，夏璃安然自得地走进教室。

"你做的事——理所当然会有仇家的吧？"

许馨冷笑一声，她听见周围人倒抽一口凉气的声音，轻语了一句："彼此彼此。"

系里在很短时间内传开了"系花与第一才女决裂"的消息，许馨不记得自己什么时候被封为系花，只是因为和夏璃扯上关系，为了夸张事态的严重性给自己加上了这样的名誉，虽然以前也曾有过不和，但是像这样在公开场合闹翻还是第一次。然而事情却远远没有结束。下午的时候许馨很难得地呆在教室里乖乖地等待上课，但是化学教授十分愤怒地将许馨叫了起来。

一封信"啪"地拍在许馨桌上，老教授的脸扭曲得狰狞，"这是什么东西？！"

许馨怔了一会，微启唇发出"哈"的一声疑问，抬手将桌子上的信封拾起来，打开叠得方方正正的纸——叠得仔仔细细的样子让许馨想起除了夏璃不会有人像这样一丝不苟，任何事情都是这样。这么想的同时，许馨脑中一闪而过一个念头："不会是许馨写了骂教授的信陷害我吧？"

但马上就被否决了。

夏璃不是那种心狠并且手段低俗卑鄙的人。许馨相信她不管做什么事情都是理直气壮，光明正大，就如今天早晨她话中赤裸裸的讽刺之意。

然而在将信轻声念出来的同时，许馨马上睁大了眼睛看向老教授，又迅速地将目光转到夏璃身上。

署名为许馨，内容全是诋毁夏璃的话。

更准确地说是诋毁夏璃辱骂教授。

"中午我去找过夏璃，她非常冷静地向我解释，并让很多人作证：曾经……辱骂过我的人是你。"

像世界瞬间崩塌，教授的话变成耳边"嘀嘀"的忙音，灰色的烟尘弥漫至每个角落，云如水泥石板压下来，胸腔里积满灰尘却咳不出来。世界完全变了一个样子，许馨所坚信的事实如崩裂的冰山融入水中消失不见。所看到的目光变成利剑刺入喉咙，许馨的嗓子突然发不出声音。本想说解释的话语，出口后却变成了一个冗长而苍白的单音"我……"。

许馨从未想过早上柜子被撬是夏璃干的，说是她单根筋也好，后知后觉也罢，不管许馨的智商增加多少倍，她也无法立刻知道是夏璃做的一切。

明明一切的事实都被摆在眼前，许馨却未能察觉。

夏璃明白自己对于许馨的优势，是头脑。她可以设计陷害许馨而神不知鬼不觉，但许馨却只会在背后说坏话。

所以夏璃当众说出那样的话，让所有人都知道两个人在冷战，那么后来的"诋毁信许馨陷害夏璃"的说法就会被众人所接受。夏璃一直是很聪明的人，她并没有像许馨想得那样直接告发许馨骂教授的事情，让教授批评她一顿。因为许馨不会在乎，周围的人顶多只是觉得她很勇敢罢了——教授的形象在这些人的心里早已经被丑化得不像样子了。

许馨变成了"卑鄙地陷害自己最好朋友"的小人。对于许馨来说是最无法承受的结果。

但是撬开许馨的柜子却是在计划之外、顺手做的。看到地上的铁条，夏璃甚至无法控制破坏的冲动。

许馨第二天早上到教室的时候，脸上化了很浓的妆，眼线被涂得又深又宽，脸上的粉像是拿刀可以刮下一层。其它的都没有太大改变，依旧是名牌的高跟凉鞋，雪纺衬衫，挺直的脊背，从后面能隐隐约约地看到两根肋骨的僵硬线条。同学所注视着她的目光里夹杂着鄙夷与唾弃。除了夏璃没有人知道真相。

那个坚强而高傲的女生，在寝室里哭了一夜。夏璃半夜做了噩梦，惊醒时听到微弱的哀怨似的抽泣；早上许馨为了遮盖黑眼圈和红肿的眼圈费尽了心思；她的雪纺衫是昨天穿过的，有些许明显的褶皱。

尽管是这样的明显，人还是被愤怒或不屑蒙蔽了双眼，只能看到她冷淡的一面。

夏璃开始越来越恨许馨。因为她让夏璃更加憎恶这样狠毒卑鄙的自己。

为什么我们之间会变成这样，无法挽回。

夏璃这样想着，手握紧了掌心的纸条。

因为我们之间有一条巨大的沟壑，横越不了。

"夏璃，原谅许馨吧。"

六

许馨最后还是崩溃了，但夏璃似乎还没有收手的意思，她虽然无法装出楚楚可怜的样子，却仍可让周围的人愈发地厌恶许馨。

今年刚升上大学，高中时期一直与自己关系不错的乔芷近段时间又与夏璃走到了一起。大概是因为同龄，在心态上有不少相似的地方，两个人理所应当般地成为了不错的朋友。

"呐，夏璃，我总觉得那种事不会是许馨学姐干的呢。"

乔芷将书捧在胸前，微微侧过头去看夏璃的反应。

夏璃听到每天都在自己耳边提到的名字，心跳漏掉一拍，有种莫名心虚的感觉。然而她马上又安抚下心情，自我提醒着"一切都是许馨的错，是她活该"。

夏璃装出淡然无谓的样子，"也许吧。但她之前做过的那么多过分的事情已经足够使我们决裂了。"

"可我觉得不是哦。"

乔芷不满地看着夏璃过于平静到冷漠的侧脸，嘟起嘴巴，一个人自顾自地说下去。那些平时未能发觉的小事，如今却好像变成了空气中不知何时安下的定时炸弹，在此刻嘭地一声引爆。

"刚开学的时候，是许馨姐替你接我的，而不是喻浅翔学长哦，而且待我十分温柔呢，一点没有女王架子，提起你的时候一脸无奈，说你过于冰冷了；还有那次你烫伤了，她来找我问什么样的烫伤药好用，十分着急的样子啊，最后还是我陪她跑了好几条街才找到喻浅翔学长说的旧版药水……"

事实突然向着自己所认定的相反方向发展，变得不可控制起来。繁琐细碎的灰尘变成敲打着心脏的最强音。

"许馨学姐是说过你坏话啦。但我觉得那更像是为了惹怒你，让你有些反应——哪怕是生气也好，只要不再是冷冰冰。"

"有时候我也会对你很无语呢。"

像是耳鸣般，"冷冰冰"、"为什么"，各种各样的责问声重叠在一起勉强辨得出恶狠狠的两个字"许馨"。

当一切都明了开来，夏璃复想起小时候许馨对自己像妹妹一般的呵护和她温婉柔和的性格，如今的许馨却像是被时光逆袭的碎片插满了周身，变得有棱有角。

其实一直都是自己造成的啊。

一直以来对她曾经的付出没有丝毫的感谢之意，对她的言听计从也只限于像是仆人对主人的惟命是从，没有一点感情的存在。

许馨不过是在心里用接近哀怨的偏激方式请求自己挽救这段友谊。而自己却什么也没能做到。

是自以为是的狂妄自大造成的悲剧下场。

不知道除了不断地责问自己，在这个世界上还有什么可以做的。

七

夏璃记得她某个周六去图书馆的公交车上，听见过这样的一句话"小孩子要打疫苗，长大了就不用了。"

出自于一个五六岁的孩子之口，夏璃当时自嘲地笑了起来。

当夏璃再次见到许馨时，前者看着后者拖着大堆厚重的行李，粉红的眼影和唇，媚眼如丝，仿佛回到了她最开始的状态。夏璃问她，"你要去哪？"

许馨高扬着头，"退学。"

接着重复下去。"被你逼的啊。只能退学。"

掩藏在血液里的病毒与细菌，只有当猩红色的液体流入载玻片中放于显微镜下才能看到。

邪恶、卑鄙这种病毒刺入人血液的同时没有预防或治愈的疫苗。

夏璃快速地跑去找喻浅翔。冷漠的眉眼仍旧未变，男生微微地低下头，"为什么不原谅她。不是她做的。"

"她要退学了。"

喻浅翔这样一遍一遍地重复着。窗外地面上的鸽子呼啦一下在风中飞散开来，遮住黄昏时暖粉色的天空。

为什么不能原谅。

错的人明明不是她。

八

许馨最终也没能退学，其实也根本没打算退学。她怔怔地望着手机屏幕，愣住好长时间。屏幕泯灭了光芒后又亮起来，是喻浅翔的电话。许馨用拇指按住红色的拒听键，直到手机关机。

周围一下子寂静起来。

许馨反复地回想起夏璃以前每一句话的语气，每个表情的微小细节。那些都如同燃着了的旧信件，在风中变成灰烬飘走。原本如此罕见的笑容现在成为了白色宣纸花中间黑白照片上一个小小的月牙，像极了匍匐多年的浅色伤疤。

是什么失去了才发现很重要。

但你终究还是像萤火虫一般在天快亮时彻底离开。

许馨这次回家是为了夏璃的葬礼，母亲和父亲回到家的时候神色疲惫而不满。眉聚在一起，声音尖锐而刻薄。

"真是烦死了。活着的时候麻烦了我们那么多年，死了还要折腾来折腾去——瞧她父母哭得梨花带雨的，夏璃小的时候他们天天忙，把我们都当保姆。什么都不管，真活该。"

"活该"、"烦死了"、"与我何干"，这样的话不断缭绕在许馨的耳边，"嘭"地一声爆裂开来。

原来自己所谓的"父母对待夏璃比我好得多"的真相竟然是这样。那么自己从小在心里累积起来的妒意究竟该何去何从。

一切的现实摆在真相面前都显得那么荒唐。

许馨于第二天和喻浅翔去了夏璃自杀的那个顶楼。

风强烈地刮过面颊，许馨拢了拢散乱的发。男生的双手握住栏杆，"夏璃自杀的那个中午给我发了一条短信。"

"她说'谢谢'。"

"你也一定收到了吧。"

许馨划出一个淡淡的微笑，在心脏边缘开始泛起了轻度的刺痛感。

"她给我发了一张图片。"

男生微微回过头来，用稍带诧异的目光询问许馨。

"用红色的笔写出的，十三个国家语言的'对不起'。"

"又不是告白，学什么网络流行。"

"真恶俗。"

"要告诉我也应该当面才有诚意啊……"

"错的人，明明一直都不是她……"

像停不下去了一般。许馨的絮语零落在秋日高楼上萧瑟的风里。悲伤因此被隐匿了大半的痕迹。

悲哀顺着凉意消散在空气里。

九

当我发现我的血液中充满了罪恶的病毒，它们快速地窜满全身，随着语言空气传播开来。像这个城市里的每一处乌烟瘴气一样，即使使劲地挥手仍旧闻得到恶臭的腥味。

假如我死去的话，身体的所有细胞失去了机能，是否病毒和细菌也会撤离。

猩红色的血液迅速蔓延，我看到以往的记忆如潮水般涌来，你的笑容变成向我走来的缓缓脚步声。如穿梭了时空的轨道一般。

我退到五十光年以外的距离，从未来的时间看到现在的你，或者变成烟云融入你纷至沓来的时光里。

作者简介
FEIYANG

梁雪，笔名未逆光年，生在 1994 年的尾巴上，有点懒惰，对文字有莫名奇妙的偏执。喜爱安静却习惯吵闹。(获第十四届新概念作文大赛二等奖)

寻找不是用眼睛 ◎文/胡子赫

　　直到我搬离筒子楼，我才发觉自己没了家，像失魂落魄的拾荒者，只想找回过去的旧时光，却发现再也回不去了。

　　第一次走进筒子楼时，我就发现他的不同。每层四户人家，分别住在四个角落里，中间则是一口天井，有两个客厅大小。阳光星辉就从楼顶倾泻下来，每一层每一户都可以享受得到。自然，这是一栋老楼，否则交给现在的房地产开发商，是绝不肯留这么多空地的，现在越来越寸土寸金了。

　　我迈入筒子楼绝不是因为我的家在这儿，只是因为我被父亲全托给了楼中的一户人家，一户最穷的人家，于是，生活便开始了。

　　在上一个生肖龙年，我走进了那个家，由阿姨照顾我。她待我很好，就像自己的孩子一样。我可以很清晰地记住冬日里，我靠在暖气片上，她喂我吃热腾腾的洋芋面。屋子里暖融融的，寂静无声，只听见窗外簌簌的雪花声。在我看来，这是我的第一个家，因为先前记忆中的房子，所谓的家只有父母不和，鸡毛蒜皮，扭扯厮打，屋子里的味道只剩下刺鼻的酒精味，咸腥的血味，空气凝滞的霉臭味。而筒子楼中的家有菜香，面香，甚至有淡淡洗衣粉的味道。自睁开双眼，拥有记忆，看到的家，嗅到的家，听到的家，不曾宁静安详过。我浸在这种家里变得乖张暴戾，但筒子楼的家让我乖巧下来了。

筒子楼是幢家属楼，因此每个住户也都熟识，见面了，打招呼，寒暄也是常事，不似我曾住的那个"家"，冷面相对，不曾相识，偶尔一个笑脸也要怀疑太阳日出的方向。

筒子楼的家渐渐成了我真正的家。我曾傻里傻气跟在阿姨后面叫妈妈，还不断地说："我要在娶媳妇前一直住在这里。"阿姨总是笑而不语，而我都会以为她默认同意了，像雏鸟一样尖利地欢叫雀跃，而阿姨竟会在此刻叹气。那时三岁的我不明白，阿姨在为我自小父母离异，无家可依而感到可怜。

少不更事的我一直觉得筒子楼是上帝为我打开的一口天井，阳光星辉都倾泻到了我的身上。我拥有了像样的家。

时光推搡着我前行，我不觉越过了红领巾时代。此刻的我，若以学术家的话说是进入了叛逆期。可我仍像三岁小孩一样乖，帮阿姨扫地拖地，在厨房里帮她打下手，在她生病时，为她煮一个鸡蛋。半个生肖轮回的春秋，我已经彻彻底底融入了这个家。

筒子楼的住户也变了许多，很多富裕的人家，都搬离了筒子楼，住进了令人羡慕的商品房。剩下的住户也忙着叮叮哐哐起来，铺上大理石或是木地板，被装修一新的房子同样是耀武扬威的模样，只有阿姨家不曾改变，依旧是水泥地。我晓得若是她家同样走关系定是会富裕起来的，但她家坚持安贫乐道的生活，就像她坚持将地面拖洗得干干净净，笑着生活一样。

父亲早已经商挣足了钱，买了一套像样的商品房，要我回到他身边，但我坚持住在筒子楼中，因为我知道我早已嫁给了筒子楼，习惯了简单不富裕的家。

人人看上帝，上帝看玩笑，上帝关上了我的天井，将我从筒子楼中隔离出来了。其实我早该明白，自我走进金城，我的户口本便白纸黑字定下了我外地人的身份。我不得不为了中考回到了我所谓的故乡南城。

分别并不可怕，不过是一挥手，一抹泪罢了。怕只怕离别后的空洞感，像失魂落魄的拾荒者，只想找回过去的旧时光，却发现再也回不去了。

南城在南方，远离金城。那儿的一切都不同于我的记忆，我睁大眼睛盯着这个陌生的城市，不敢想命运早已将它定为我的故乡。

我开始变得很怀旧，将记忆中金城的录像，一遍遍地倒带，记下我说过的话，听过的歌，穿过的衣裳，重复我的影子。我每天起床，叠被穿衣、吃饭、背包、上学、回家、作业，过得与筒子楼中相似。我不断地自我催眠，刻意重复，我以为我看到的世界与过去相似了，我便可以找回过去那般的家的感觉。但我发觉我错了。

南城家中的陈设我刻意与记忆一模一样，我穿着同样的衣服，我习惯重复旧句子。一切都像模像样起来，只不过我发现衣服小了，歌曲老了，句子也不合时宜了。

不错，寻找过去的旧时光，只用双眼是不行的，或许有人说是用心。嘻，这是我听过的最为荒唐的理论家理论。我用心将记忆中的一切刻录，包括眼中的世界，耳中的世界，嘴中的世界。甚至气味，我都买来相同的君子花来向我扯谎。于是自欺欺人找我当主角，我不亦乐乎地重踏我的脚印，一直觉得只要与旧时光相同，便可以找回快乐。不过，我愈发觉得找不到了，过去是找不到了。

故事早该结束了。我，一个父母离异的孩子，在一个家中重获温暖，然后失去，然后寻找，最终感叹到寻找不是用眼睛的呀。嘿，若是如此，我便不讲这个故事了。

其实故事另有结局。

我终于按捺不住思念，莫名其妙霎时回到金城，冲进筒子楼，拾级而上，到阿姨家门口敲门，却发现是一个陌生秃顶的老汉。我说我要见阿姨。他却说他一直住在楼中，未曾听说阿姨这么一户人家。我错愕离开，缓步走出筒子楼，华灯初上，却发现马路对面，是爸爸妈妈焦急地叫着我的名字。晚上，我是被爸爸妈妈架着回家的，他俩一路埋怨我让他俩心焦。

我挠着头，顿觉混乱，一照镜子，才发觉我只是一个三岁小孩罢了。一拍脑袋，才记起我有一个温馨和睦的家，未曾有过家庭不和，甚至先前阿姨家的记忆，南城和金城的记忆，我对旧时光不断寻找重复的记忆，都变得模模糊糊，虚虚幻幻的。这，原来只是一场梦呀，一场三岁小孩过家家后混乱的梦境。

我的记忆是瞬时的，我会很快忘了以上这一切。我也不知道，将来的我是否会迷茫地寻找旧时光，寻找是用双眼还是用其他物什，我都不晓得。只不过，到那时，忙忙碌碌地寻找不会以梦为借口挣脱不变的事实。

只可惜，我的一辈子，会像国际象棋一样，只准冲锋，不可后退。梦可以轻易欺骗我的双眼，让我竟在人世多走了几许年。双眼刻录的世界本是那样真实，但梦醒后，一切都会忘记。只因为我用我的双眼看世界，而我的世界没有我。我到底几岁，快乐与否，梦里梦外，我都找不到我自己，看不清世界。

作者简介
FEIYANG

胡子赫，浙江省乐清市乐清中学丹霞文学社社员、社长候选人。（获第十四届新概念作文大赛一等奖）

天使  ◎文/朱磊

序章

冬天快要来了，天气开始变得越来越冷。离开了这条弄巷许多年的我，又重新回到了这个地方。在我来到这里时，残夜仍未完全消尽，灰暗的天空中仍有几颗疏星放着微弱的光，淡蓝色的光芒软软地照在整个还在沉睡的弄巷。记忆里弥漫着挥之不去的晨雾。

可是，通往我回家的路却未被照亮。

这里有着我曾经的家，里面曾生活着我的父亲、母亲，还有我的弟弟，叶林。在黎明前黑色寒风包裹下，身上传来一阵阵连绵不断的寒冷，犹如谁将一把冰刃刺进了我的身体，尔后就再也没有拔出过。

天与地遥远的交际处开始泛出一丝乳白的颜色，也许马上就要黎明了。我颤抖着点燃一支香烟，狠狠地吸上了几口，就像溺水之人遇到纯净空气般。香烟的星火就随着我的呼吸一亮一亮，然后烟雾如同那些积郁在我心中多年的愁苦般，被我长长一口气吐出。

在这呛人的烟雾中，我恍惚看到年幼时的叶林正站在黑暗中那条回家的道路上，怔怔地看着我。然后，他对我微微笑了笑，笑容清澈如溪涧，接着转身跑向了黑暗的最深处，身影如同雾气般消散。

我知道，天快要亮了。而那条通往回家的路也会被阳光照亮。

一

第一次见到叶林是在我九岁的时候，那天我像往常一样在自家院子里玩耍，冬天黄昏的光线照落在整个庭院，有种暖暖的感觉。当我的父亲回家时，身旁还跟着一个穿着红褐色毛线衣的女人，然后我的父亲告诉我，这是我将来的妈妈。在他们两人身后，一个比我略小的男孩正在偷偷打量着我，我的父亲对我说，他叫叶林，是我以后的弟弟，还要我一定要好好照顾他。

而我，当时只是毫无意识麻木地点了点头。

在一开始，我的心中也充斥着有了新母亲和弟弟的快乐，然而不久后，我便渐渐开始讨厌起了这两个原本不属于我家的外来者，因为那时的我单纯觉得，那个新来的女人渐渐取代了我亲生母亲的地位，原本家中墙壁上母亲和父亲的合影，也换成了那个女人和父亲的照片，照片中两人都笑得很甜蜜。而我，却一阵生气，甚至觉得连父亲都开始背叛了母亲。

这一切都是因为那个女人，我在心里默默对自己说。于是，我开始本能地排斥着她的一切，包括叶林。

叶林比我小了两岁，怯生生得很招人喜欢，长长的睫毛，眨眼睛时宛若一只洋娃娃那般可爱。其实要不是他母亲的缘故，我想我也一定会很喜欢他，也会像一个真正的哥哥一样，在他面前保护着他。

二

潮湿阴暗的弄巷里居住着许多许多的家庭，也有着许多和我年龄相仿的孩童。从很小开始，我便学会了打架，我被许多许多人打过，也打过许多许多的人，渗血的皮肤暴露在弄巷潮湿的空气里，风中弥散着一股淡淡的血腥味。

因为我打架很凶很狠，所以四周的孩子都不再敢朝我吐口水，扔石子，骂我是个没娘的孩子了。我成了附近的孩子王。

叶林则和我完全相反，他受到别人的欺负就只会哭，他的性格太过于柔弱。在他刚来这里后不久，周围的一些孩子看他面生，便联合起来欺负他，把他推到在地，并抢走了他唯一的玩具，一只粉红色的洋娃娃。当他散乱着头发哭哭啼啼地回到家时，正好被我看见，知道了一切后，我立刻带上叶林找到了那些孩子，要回了那个玩具娃娃，并狠狠给了那些孩子一拳。然后我大声对那些孩子说，这是我的弟弟，谁敢欺负他我就打谁。

我注意到，在我说这句话时，叶林抬起头来看了看我，眼中闪现着柔和的光芒，唇角弯着笑。

后来，那时我和叶林都长成为一个身材高大的男子，在一个阳光温暖的午后，他告诉我，那天我说话的样子就像一尊天神般不可侵犯，而我就是他心中的神。

但那时并不是我对叶林有了好感，只是单纯觉得自己的弟弟别人欺负，作哥哥的会很没有面子，仅此而已。至少我那时心里一直强迫自己这样认为。

可叶林却没有像我这样认为，他把那件粉色的玩具娃娃递给我，说，哥哥，这个给你玩。那时候的我心里不屑地想，一个男子汉怎么能够玩这种女孩子才玩的东西，但这也只是心里想而已，那洋娃娃我还是接了过来，并且还爱不释手。

很单纯很可笑的年龄。

三

如果把回忆分作无数段，那在我九岁以前的日子里，我是别人口中的野孩子，没有母亲。于是在那些日子里，我总是幻想着有一天母亲能够回到我的身边，给我一个温暖的怀抱。因为小时候在我哭闹着要妈妈时，父亲一直告诉我，我的母亲到了一个很远很远的地方，等我长大了她就会回来。这些话我曾经是那样幼稚地坚信。

直到长大后我才明白，一切只是一个无法真实的谎言，我的母亲永远都不会回来了。她安眠在了离我有一个世界距离的遥远地方，永远无法醒来。

对于叶林的母亲我一直很抗拒，尽管她对我很好，在某些方面甚至超过了叶林，每次见到我，她总是微笑着对我说，陈实，有什么困难都可以和叶阿姨说，阿姨一定会帮你。

每次我都装作没有听见，或是毫不理睬的样子。可我自己也觉得，内心深处的那层坚冰正在缓慢融化，这曾一度让我觉得自己很不争气，只因为一些关心就开始对这个抢走了原本属于妈妈地位的"坏女人"产生了好感。

这些念头丝毫没有阻碍那层坚冰的缓慢融化，也许连我自己都没有注意到，在对待叶林和他母亲时，我的态度开始好转，有时我甚至会对她们母子露出笑容。

一切都在悄无声息地改变着，阳光普照，花香漫长。

如果没有那次车祸的话，一切也许都会完美。

可是，命运的引线我们无法掌控，只能等待着突然某一天，它被命运之神剪断。

于是，生命便零碎如羽。

四

在我们赶到出事现场时，天边的最后一缕霞光也已被黑暗侵噬，四周是浓得化不开的夜色。叶林的母亲就躺在冰冷的水泥街道上，鲜血汩汩从她身下流出扩散开来，宛若一朵盛开着的绝美血莲。

我第一次感到夜晚那些五光十色的灯光是那么刺眼，闭上眼，滚烫的眼泪就从沉闭的眼皮中流渗出来，顺着脸颊滑落到迷茫的黑暗中。

　　父亲一直阴沉着脸，手掌紧握成拳头，膀臂上的青筋一条一条地暴起，就像一头将要择人而食的凶兽。而叶林就直接得多，从第一眼看到自己母亲尸体时，他就在嚎啕大哭，哭声很伤心很悲凉。我学着记忆中大人的样子，用手抚摸着他的头，轻声说，弟弟，不用怕，不用怕……那一整晚，我好像只会对他重复这三个字，安慰着他，又好像是安慰同样害怕的自己。

　　那一夜，我十五，叶林十三。

<h2 style="text-align:center">五</h2>

　　回忆是座城，圈住所有的爱恨。

　　那些离开消失在我们生命里的人，在我们记忆里留下一道道无法愈合的伤痕。

<h2 style="text-align:center">六</h2>

　　在叶林的母亲死去后，家里的气氛渐渐变得沉默起来，父亲一直阴沉着脸愁眉紧锁，叶林则时不时地哭泣，有时候我半夜从梦境中醒来，都可以听见在隔壁房间叶林的抽泣声。

　　在进入夏季之前有一段雨季，没完没了地下雨，很少看到天空可以放晴，有时在屋内听着狂暴雨点敲打窗台的声音，心里莫名其妙地有了些难言的伤感。

　　当雨季过去之后，天空开始重新放晴，被连绵不断的雨滴洗刷过的整个世界好像有了无数的改变，给人焕然一新的感觉。

　　但是，在我看来，改变最大的还是叶林，他从先前的哭泣变成了现在的沉默，我再也无法看到他的泪水了。在他身上，我感到了一丝只有在那些大人身上才有的气息。虽然我也不知道那是什么。

也许，一个人的泪水是有限的，也会有流干的一天吧。在看到叶林的改变后，我在心里想。

日子还在继续，永不断绝。

七

我还是会和叶林在清晨结伴去上学，只是现在的他宁可自己走路，也不愿坐在我单车后座上，他对我说，哥哥，我不想永远都躲在别人的背后，因为总有一天，别人都会离开，所以我只能靠自己。清晨灿烂的金色阳光洒在他的侧脸，白皙的皮肤看起来宛若有种透明的质感。

也许是对一种失去了父母的怜悯，又或许是为了彰显自己的成熟，我开始像一名真正的哥哥一样照顾起了叶林，每次在对朋友介绍他时，我总会撒同样的一个谎，这是我的亲弟弟，叶林。

我知道，叶林也知道，我们俩其实没有任何的血缘关系，如果非要在我们俩之间找出一条关系纽带的话，那也只是因为他的母亲。可现在这唯一的纽带也断裂了。

家中只剩下了三个人，显得有些清冷而空旷，有时候我走在家里，或者是在餐桌上吃饭的时候，总隐隐约约觉得家中好像少了什么不可或缺的东西。我不知道父亲和叶林是否也有这种感觉，我也没有敢问。

我是父亲的亲生儿子，而叶林用一句不客套的话说，只是一个与我们家毫无关系的外人，可父亲并没有因此特别照顾我，我有的东西叶林也一定会有，零花钱也从来都和他相等。这曾让我一度觉得很不公平，但想想也就释然了。

并不是因为我的心思有多么狭隘恶毒，只是单纯觉得这一切不公平，毕竟我才是父亲的亲生儿子，身上流着和他相同的血液。

八

公平？也许一切就从未公平过。

叶林学会了打架，无休无止地打架。每次打架的原因都是与他的母亲有关，叶林他不允许任何一个人侮辱他的母亲，他发怒发狂的样子犹如一个守护着什么珍贵东西的守卫者。而我却看得一阵心痛，泪水不知不觉滑落下来。

在叶林身上，我模糊中看到了自己从前的影子，那种疯狂的模样，渗血的伤口。

叶林毕竟身子骨太软弱，总是打不过别人，可他又不允许我去帮助他，他告诉我说，有些东西只能由自己来守护，只有自己的守护才能让那些被精心守护的东西拥有全部的意义。所以，每次他与别人打架时，我就在一旁焦急地看着，焦躁得犹如热锅上的蚂蚁。

叶林真的变了 ，至少，他不会再哭泣，无论受到了什么伤，伤口流了多少血，他都不会再滴哪怕一滴眼泪。每次他被人摁倒在地上，就会用那种锐利的眼神抬头看着那人，一言不发，不喊痛也不喊求饶，一直地看。最后总会是打人者受不了他的那种目光，狠狠地踢叶林几脚，留下几句狠话，然后快步离开。

每当我去扶起叶林时，他总会对我说同样的一句话，他说，哥哥，我们回家吧。

叶林不知道，如果没有那次的话，或许他永远也不会知道，每次在他被人打后，我会找个时间去狠狠地教训一下那些打人者，揪住他们的头发，狠狠地甩耳光。直到有一次，因为那人对叶林下手很重，于是我对他下手也很重，我打掉了那人嘴里好几颗牙齿，腥红的血液染红了我的右手。

事情无法隐瞒了，被人家父母闹到了我的父亲那里，父亲说了许多好话，赔了许多笑脸和钱，才平息了这件事。回到家后，父亲责令我跪在地上，我却高昂着头，笔直地站在那里，父亲愤怒地扬起手中的木条，然后重重落下。

"啪"一声脆响，我没有感到任何痛楚，原来叶林挡在了我的前面，两手张开护住我，木条就抽在了他的脸颊上，红肿起了好大一块。他对着父亲，说，父亲，这件事跟哥哥完全没有关系，如果你要惩罚的话，就罚我好了，不要再为难哥哥了。

在叶林说完后，我看到父亲脸上流露出犹豫的神色，然后他慢慢放下了手中的木条，轻声说，没事了，你们回去睡吧。父亲的话很无力而苍老，当时的我心里十分苦涩，几乎就想和父亲认错了，可最终我也只是停下脚步看了看父亲，然后离开了。

父亲好像一直对叶林很宽容，这次也一样，可叶林却不愿告诉我原因。

九

周末闲暇的时候，我会和叶林骑着单车飞快地穿越过大街小巷，听耳边呼啸而过的风声，把整个城市远远地抛在脑后，到城外的田野里去听流岚，看日落。

叶林说他一直都很喜欢这种感觉，这让他觉得有种逃离的快感。

可到底要逃离什么，他自己都不知道。也许他知道，但不肯告诉我。

我们会整个下午都坐在那里，彼此都不说话，看天空上缓慢游移过去的浮云，听鸟鸣。最后在灰黑的夜阴降临大地之前，披着一身残霞离开。

晚风如雾。

我们的单车飞快地穿越在这个城市黑色的晚风里，四面闪烁的灯光变幻出各种各样的形状和颜色，投落到我们的瞳孔里。今天回家要晚了，天已经完全黑了，于是我对一旁的叶林提议说抄近路回家。

叶林犹豫了一会儿，嘴唇张开，好像要说出什么，可最终声音还是被哽咽在喉咙里，沉默了下来。

我觉得我真他妈是个混蛋，混蛋到无可救药。面前是一条熟悉的道路，说它熟悉，是因为叶林的母亲就死在了这里，鲜血如同红莲缓缓绽开。在那一瞬间，我也明白了为什么叶林听到我要抄近道时，会那么犹豫还有悲伤。叶林把车停了下来，蹲下身子痴痴地看着脚下的水泥地面，那年他的母亲就在这里去了另一个世界，这几年来，叶林就再也没有从这条道路走过。我越发觉得自己混蛋。

　　弟弟，不早了，我们应该回家了。我鼓足勇气对蹲在地上哭泣的叶林说。

　　"哦。"他淡淡地应了一下，然后缓慢站起身来。道路两旁的灯光把他的形影消减得越发单薄，映着灯光，我清晰地看到了他脸上滚动的浓郁哀伤。

　　到底有多久了，我再也没有见到过叶林的泪水。

　　原本我还幼稚地认为一个人的泪水是有限的，可以流干，然后就不会再有泪水。其实泪水永远无法全部流干，只能被压抑。

　　那晚我们到家时已经很晚了，弄巷里的家家户户都已吃过了晚饭，在院子里纳凉，夜空上有着零疏的星光。父亲一直在等我们，桌上的饭菜一口都没动，还在冒着热气，显然已经重温了许多遍。父亲看到叶林哭红肿的双眼，好像明晓了什么，并没有过多地责问我们就让我们坐下吃饭了。那天的叶林比往常更加沉默。

十

　　年轮流转，时光飞逝，转眼间我和叶林都上了高三，马上就要高考了。

　　已经是盛夏了，然而我的心里却感到一股抑制不住的寒意，叶林坐在我的身边，同样沉默无言，脸上写满忧愁。就在四个月前，我的父亲因为突然到来的疾病，腰部以下完全失去了知觉，从此只能躺在床上或轮椅上度过余生。家里失去了唯一的经济来源。

在那段时间里，我想了许多许多的事，都是和我那朦胧未来有关。尤其是在离高考日子越来越近的时候。

如果把生命比作一条河流，那么一些关系到我们将来的重要决定，就是河道的不同支流，通往着美丽的光明，或者是苦涩的黑暗。

高考前的十天，父亲把我和叶林都叫到了他的房间，我们都明白，我们所要面对的抉择，还有必要的放弃。

房间里是如死般的沉寂，我只可以听到自己一个人的呼吸声，好像时间过去了很久，又好像只过去了匆匆一瞬。父亲开口打破了这片沉寂，他缓慢地说："家里的存折上还有一些钱，是肇事司机赔偿给叶阿姨的，但这些钱并不多，所以你们两人中只有一个人可以上大学。"说完，父亲从一旁拿出两个完全相同被锁锁住的小方铁盒，又说，这两个铁盒中都有纸条，有一个铁盒里写了"上"字，你们先把铁盒拿回去，等高考结束后我会给你们钥匙，让你们打开，得到"上"字纸条的那个人就可以继续上大学。

叶林接过父亲左手的铁盒，看了一眼，就离开了房间，然后父亲小心地把右手的铁盒递给我，眼中有着我不了解的莫名光芒，我默默接过铁盒，就转身离开了这间屋子。

这对叶林不公平。我几乎可以肯定，我手中的铁盒一定是可以上大学的那个，毕竟，我才是父亲的亲生儿子，就像别人说的那样，自己的儿子才是最亲的。

这真的很不公平。

我的呼吸从未这么急促过，仿佛有一团火焰在我的胸口剧烈燃烧，眼前的景物都有些模糊。我一口气跑到学校，然后一屁股坐在操场阴凉处，慢慢平息心中翻腾的思绪。突然想起了叶林，心中的火焰立刻熄灭，好像从未存在过。

叶林他从未见过自己的父亲，所以他就随着母亲姓了叶，母子两人相依为命。相比起来我比他好了许多，至少我从照片里知道自己母亲的模样。

他几乎不叫我的姓名，只是叫我哥哥。

在高二时，我告诉他自己喜欢上了一个女孩，并指给她看了。当时他的脸色就很难看，第二天，我就听到了那个女孩被她男朋友甩了的消息，而令我没有想到的是，那人竟是我的弟弟，叶林。我那时就像一头狂暴的野牛一样找到了叶林，质问他为什么要和那个女孩分手，为什么要玩弄她的感情，接着我狠狠地给了他一拳，就像小时候我为了保护被人抢走洋娃娃的他打别人一样。鲜红的血液从他的鼻孔里不停流出，可叶林他还是那副淡然的样子，微笑着对我说，哥哥，在我心中，你永远比那个女孩重要，我不想我们之间的感情出现裂痕，哪怕一丝都不可以。

对于那一拳，我在之后的很长日子里都很后悔，做了许多事来弥补。尽管弟弟叶林不止一次地告诉我说不需要，他丝毫没有放在心上。

我是哥哥，叶林是我的弟弟。我在心里对自己说。

我做出了决定。

十一

当我来到叶林房间时，叶林并不在里面。我打开了他的抽屉，找到了属于他的那个小方铁盒，两个铁盒从外表上看去都一样，没有人会发现这外表的差别。我飞快地把两个铁盒一换，然后悄然离开。

叶林，弟弟，这是哥哥唯一能为你做的。

之后的一整个下午，我心神都很恍惚，就坐在院子的水泥台阶上对着天空发呆。吃过晚饭后，我便早早地上了床。夏日的夜晚十分闷热，躺在床上心烦意乱得怎么都无法入梦，就这样闭着眼睛躺在床上，无聊地感知着外面的动静。

已经到半夜了，我还是没有睡着，如果可以的话，我宁愿当时的自己可以睡得像死猪一样，丧失对外界的一切感知力。要是那样的话，那晚的事我就不会看见。

我听到有轻微的脚步声来到了我的窗前，我把眼睛微微张开一条很小的缝隙，看到了站在我床前的叶林。他手中握着一只铁盒，而目光却落在我床边柜台上的那个铁盒，眼中有着热切的光芒。这让我没由来地感到一阵害怕，接着，他拿起我柜台上的那只铁盒，飞快地把它放进自己的口袋，又用手中的铁盒来代替原来的铁盒。

然后，他便轻手轻脚地离开了，脸上有着笑容。而我，极力平稳着自己的呼吸，让自己看起来正在沉睡，等声响完全消失，一切又重归宁静的时候，我坐起身来，靠在床上，看着柜台上的那只铁盒发呆。

去他妈的。我低声骂了一句，心里是无法宣泄的怒火。

叶林，你他妈不是个东西。老子原本是想把上大学的机会留给你的，没想到你竟然这么不要脸，半夜跑到我这里偷盒子。哈哈！你还不知道吧，你的盒子早就被我换过了，既然你不仁，那就别怪我不义了。你就继续高兴吧，等高考完打开盒子的时候，我让你连哭都哭不出来。混蛋，我他妈没有你这个白眼狼弟弟。在心里骂完后，愤怒感立刻减轻了不少，我把那盒子好好收了起来，锁在了柜子里。

命运真他妈会开玩笑，原本我都准备放弃上大学的机会，想把它留给我的弟弟叶林了，可不到一天的时间，它又以一种让我无比伤心的方式回到了我的手里。

我真的很不想承认这个事实，宁可不要这个装载着无比光明未来的铁盒。

十二

在那一晚，我对叶林全部的爱，全都质变成了恨。

所有的恨交织在一起，绽放出一种绝望的美丽。

接下来的几天，我拼了命的复习，原本我的成绩就不错，再加上这几天的巩固，我有信心考上我心仪的学校。反观叶林，这几天他一直都在发呆，连书也不看了，我原本想提醒一下他的，但一想到那晚的事，便强忍住了。

我和他未来终究是不同的，我们的命运曾经交汇在一起，但马上就会分开，汇入不同的支流。越来越远的距离。

高考结束后，我等来了期盼已久的大红录取通知书，那是一座外省的理工大学，很有名气，但离我所生活的这个南方城市有着太远的距离。也许，我以后不能经常回来了。我像一个胜利者一样，在叶林面前用父亲给我的钥匙打开了那个铁盒，果然，里面的字条上有个鲜红的"上"字。

没错，我得到了这个改变命运的机会。当我回头望向叶林，想看看他惊讶的表情时，却看到了一张面带微笑的脸，好像在为我祝福。

真是可笑。

两个月后，我收拾好了行李，踏上了去北方的火车。临走时，父亲把一张存折单交给了我，他说这里面有我第一年的学费。那张存折单我认识，正是赔偿给叶林母亲的那些钱。我突然间觉得很羞愧，我转过头望向叶林，他正倚在房门旁，无声地看着这一切，清晨弄巷里弥漫起来的晨雾，模糊了他脸上的表情。

在记忆里弥漫开来挥之不去的晨雾里，我踏上了去北方的火车。

大学期间，我曾收到过叶林的无数封信笺，里面都是一些关切问候的话语："哥，大学生活过得还习惯吗，要开心哦。""哥，北方天气冷，记得多加几件衣服，不要冻着。""哥，昨天晚上我又梦到了你。""哥，还记得那个幼时的粉色洋娃娃了吗，今天我在收拾你房间的时候发现了它，我又把它洗干净了，放在了我的房间"……

我承认，在看到这些信笺时，我很没有骨气地流泪了。可我没有回信，一封都没有过，那些原准备回给叶林的信一封一封整整齐齐地摆放在柜子的角落。因为在我准备把信投到信箱的时候，又想起了那晚的事，他眼中热切的光芒，脸上得胜似的微笑。想到这里，我又趴在桌子上哭了一夜。

北方的天气很冷，出门时都必须套上厚厚的大衣。转眼间一年就这样无声无息地从我指缝间流走开去，时光快得无法回头。北方下雪是常事，在我这个地道的南方人看来，几乎是一件难得的礼物。

可是，我再也无法见到那种江南特有的氤氲着浓重水汽的风了。

我已经很久没有回家了，第一是因为距离太远，第二是因为父亲不允许我回来，他说车费太贵了。就连新年也一样。除夕夜的时候，我正在一家饭店里给客人端盘子，一直做到凌晨两点，回到宿舍后，便一头倒在床上，沉沉地睡去。在那天的梦境里，我梦到了还是年幼的叶林，他站在同样年幼的我的身后，不停地叫着哥哥，哥哥。梦境的背景是一大片一大片璀璨盛开的烟花，五颜六色的光芒拓落到我和叶林的衣衫上，我们一起随风奔跑着。说不出的高兴。

醒来时，枕头套已湿了半边。

十三

日子又平静流过了两年，直到有一天父亲给我打了个电话，电话中父亲哽咽着让我马上回去，他的声音虽然小，但有着某种不可抗拒的成分。可我在一个星期后还有一场很重要的面试，我不想失去这次机会，便和父亲商量能不能晚点回去。

父亲暴怒地对我说，你弟弟出事了，他一直说很想见你，你给我赶快回来。

出事了？叶林？原本我是想询问一下他的状况的，但话到了嘴边却变成了另外一句完全相反的话，"哦，原来是他出事了，反正又没死，再等几天我就回去。"其实在说这话时，我就已经在收拾行囊准备马上回去了。

你弟弟就快要死了，你快点回来见他最后一面。父亲一字一顿地说，然后挂断了电话。

慌乱中随便收拾了一下，就立刻跑到了火车站，根据父亲提供的地址买了一张去一个沿海城市的火车票。在火车上，我一直在自责，又在担心弟弟的情况，车窗外的景物一直在疯狂地倒退。就是不知道它能不能退回到一切都还未开始的原点。当我到达那座沿海城市时已经华灯初上了，赶紧拦了一辆的士，然后报了那家医院的名字。

叶林正躺在病床上，身上插满了各种各样的管子，他现在的样子真的很搞笑，然而我却无法笑出来。三年不见，叶林的变化很大，要不是父亲告诉我这躺在床上的人就是叶林，我还真无法认出他。现在的他，原本白暂的皮肤变成了黝黑色，下巴长满了杂乱的胡子，当初握笔的手也有了一层厚厚的老茧。如果光从外表来看的话，别人一定都会以为他是哥哥，我是弟弟。

他还没有醒来。

医院外的长廊上弥漫着一股杀毒药水的味道，说起来都觉得可笑，在童年我的潜意识里，都一直把这股味道当作死亡的味道。父亲坐在轮椅上，目光灼灼地看着我，尔后，他长叹了一口气，开口对我说，儿子，叶林是你的弟弟。

我说，我知道，我一直都把他当作自己的亲生弟弟来看待。

父亲缓慢而沉重地摇了摇头，说，事情不像你想的那样，叶林其实一直都是你的亲弟弟，他也是我的儿子，你们同父异母。

听到这些话，我的大脑立刻一片空白，连思考的力气都失去了，我低头望向坐在轮椅上的父亲，父亲也望向我，沉默无言。

空气好像被凝结冰封起来，冻结了缓慢的时间。

"里面的病人醒来了，你们进去看看吧。"医护人员对长廊上的我和父亲说。

叶林的那双眼睛和三年前没有多大的改变，依旧清澈而明亮，他看见我，小声叫了句，哥哥。我连忙转过头去擦掉脸上了泪水，然后坐到他床边，对他笑了笑。连我都觉得自己的那个笑容很难看，像哭一样。

我说，弟弟，我的弟弟，哥哥回来了。

叶林对我笑了笑，笑容显得虚弱而乏力，然后他轻声说，哥哥，你能回来我真的太高兴了，你现在的样子，真的很好看。我现在很累很累，要睡了，哥哥，你一定要好好照顾自己。说完这些话后，叶林就闭上了眼睛，尔后就再也没有睁开过。病床旁的生命仪器中的曲线现已完全变成了直线，发出了"嘀"的一声清响。一切都结束了。

窗外的夜空开始下雨了。寒雨一次又一次洗刷着整个大地。那些安眠于迷局的人还未醒来。

十四

天空一直在下雨，也许是因为沿海城市水汽的充足，所以整个城市都习惯与被包裹在寒凉的雨水里。乌云从来都未散开。

处理完弟弟的后事已经是几天之后，在整理弟弟的遗物时，我发现了一本录取通知书，边角已经起了毛糙，但非常干净，一看就知道主人经常拿出来翻看。还有一个粉红色的洋娃娃，对它我从来都未陌生过，这是叶林给我的第一份礼物，没想到还在这里。

当一切都安排妥当后，我就准备离开了。在走之前的一个晚上，父亲来到了我的房间，为我讲了许多的事，他叙述地很缓慢，犹同在讲述一个故事，当我从故事中醒来时，早已泪流满面。

叶林是我的弟弟，身上流淌着和我同宗的血液。在我一岁的时候——那时我的母亲还未离开——父亲喜欢上了叶阿姨，然后她怀上了叶林。说到这里时，父亲的神色一直很羞愧，他背叛了我的母亲。知道了父亲已有了家室，叶阿姨就带着仍在腹中的叶林离开了父亲，在一个边远的小镇生活了八年。在我两岁的时候，母亲因病去世，在七年后父亲打听到了叶阿姨的消息，之后发生的事情就很明了了。在叶阿姨死后，父亲便告诉了叶林这个事实，可是父亲怕我知道事情后看不起他，并且他的心中也一直很羞愧，这件事便一直对我隐瞒。

父亲还告诉了我一件事，原来那天他给我们两个人的铁盒其实里面都没有"上"字，因为他还有第三个铁盒，那里面才是有上字的。父亲一直觉得对叶林母子很愧疚，便悄悄把盒子给了叶林，可没有想到，叶林还是把机会给了我。

我明白了，全都明白了。那时我偷偷和叶林换的盒子里面都是空的，没有"上"字。而那天晚上叶林拿到了第三个铁盒，便半夜起来偷偷和我换了，没想到却引起了我的误解，造成了长达三年的隔阂。

原本弄巷里的那房子早已经卖掉了，为了给我筹学费。叶林母亲的肇事司机根本就没有找到，根本就没有什么赔偿款，一切只是一个如同蜜糖的谎言。那天我手中存折里的钱，正是卖房子的钱。再后来，叶林便带着父亲来到了这座沿海城市，作建筑工人为我挣取着学费，几天前，他因为体力不支从建筑高地上摔了下来，在他被抬上担架的时候，鲜血渗流的口中还一直在说，我还有个哥哥，他还在上大学……

夜已经深了，我抬头仰望着这租来的低矮棚房。外面是连绵不绝的大雨，街灯被雨水打湿，映出朦胧的光圈。

黑夜会在雨中结束。可是，叶林，你为什么再也无法对我微笑了。

十五

我不知道天使应该是什么模样。

而叶林，你就是我心目中永远的天使。对我微笑，给我无比刺骨温暖。

你转身离开，身影在黑暗中如同雾气般消散。

我相信总有一天，星光会照耀到你身上。

到那时的你，请让我微笑拥抱。

作者简介
FEIYANG

　　朱磊，生于 1994 年 10 月 12 日，180cm 的身高站在老师面前经常给予老师莫大鸭梨。性格如猫般温和，回想至今仍未和身边的任何一个朋友同学争吵过。生活中也如猫般贪睡，从初中至今包揽了班级迟到第一的宝座，并有望一直保持到高中毕业。（获第十四届新概念大赛一等奖）

第 2 章

浮生梦蝶

春光融融的时节,杨柳抽出新叶。

我的蝴蝶少年正站在垂垂的杨柳下向我微笑。

我低首,想说的话忽而哽在喉

浮生梦蝶  ◎文/朱蓓

　　我梦见了那个少年，衣袂飞扬得好似一只蝴蝶。

　　暖风微醺地拂过我的眉睫，有新叶几重。放眼：远山含黛，水光潋滟，彤云出岫。这分明是水墨画里独有的风景。

　　东风摇皱了一池春水，有清脆笑声从水之湄遥遥地传来。我远目，便望见了那姹紫嫣红的一片里背对我俯身采薇的女子。不理会浮萍蒹葭，黛绿的竹篓倒出的流影愈发圆满。

　　几声孤笛，有泠泠冷雨落下。她回首，但见那少年白衣翩翩，撑一把油纸伞行走在水墨蜿蜒的画中，来到她面前，于是笑靥如花。

　　我总算将她看了个真切，一头青丝被小缎松松地绾起，如玉的面庞上沾了些微山间的朝露，眼波流转，欲说还休，除却古风的装扮，都与我一样。

　　闹钟响，梦停。

　　初阳透过小轩窗，斜斜地投入房里，一本《庄子》被我昨晚匆匆翻过，弃置床头。我一个鲤鱼打挺从床上跳下来，径直奔下楼。娘亲躺在沙发上正看新版《还珠格格》，屏幕上西洋画师班杰明无奈语"你这个公子真难伺候"，五阿哥马上娇嗔"你最懂我的心思"。我不禁神采奕奕精神抖擞。

公历 5 月 22 日，小满，天雨。跟肖逸之有约去南山写生。下雨天固然不是个好日子，但我性格里有种偏执。比如小时候我一直坚定不移地认为同音字就是一个字。你看，爸爸、妈妈、爷爷、奶奶……所以我固执地在每个作业本上用稚嫩的笔触写：陆子陆而非陆子露。

肖逸之是大学三年的同学，两年的哥们儿。他生得极好，眉目如画，深受美院女孩子的追捧。画的还是水墨画，寻常的景物在他笔下都带了丝灵气，为了寻找"独钓寒江雪"的灵感，更不惜每年冬天请假去到下雪的国度。只不过这厮性格过于清冷，"可远观而不可亵玩"是院里的人对他的官方评价。

沿山间小道不费力地登上山顶，一览无余的好风光。芳草萋萋，杨柳婆娑。春分后，花未谢，尚可采撷，几只淡黄色的蛱蝶翩跹飞舞，戏闹花丛间，姿态轻盈得让我想起了梦中的少年。一个恍惚，好像见到梦里采薇的女子，扬着和我相同的面庞，坐在秋千上盈盈地微笑，那个我一直牵挂的少年，莹白如璧的手指关节，轻扣住秋千的绳索，棱角分明却异常清美。他缓缓地推动秋千，那女子便在微风中荡漾。他的衣角微微扬起，似摇曳的百合花，更似舞动的蝶翅，薄薄脆脆，晶亮剔透，却一碰即碎。

四围草木葳蕤，肖逸之轻轻走来，递给我一串紫红色的花，说是《诗经·采薇》里的薇菜，葱翠的叶梗，有种莫名的熟悉感。

我接过，道谢，没有忽略他眼底微微的黯然。心底几不可闻地叹了口气，你终究不是梦里的少年。

美院后面有半亩花田，谁也说不清道不明花田是何时存在的，只知道它一年四季芬芳摇曳。花田的存在于学生们是福音，单不说那四季流转的鲜花地是写生的好去处，更是小情侣们的偷情圣地。

我从没想过会在这里遇见他，那个梦里的蝴蝶少年。

花田半亩，缤纷的落英被揉碎，幽香几缕沁人心扉。少年被枝叶遮掩，春光明媚，细碎的点点洒在他身上，恍若谪仙。走近，他俯身在花丛间，霜红一片浸透了我的眼眸，莹莹的灼亮。少年微微透明的指尖捻起一串淡红的花骨朵，唇贴着花瓣，像在吸食掬起的甜美花蜜，肆意得像一只树叶为床、雨露为生的蝴蝶。

他被我惊扰，抬起脸，与梦里一致的眉眼。我忍不住在心里呐喊：我的蝴蝶少年！

芒种刚过，夏至未至的时候我和庄羽正式交往。庄羽，就是那个花田里的蝴蝶少年。大一新生，中文系。相识以后才发现我后知后觉，忽略了这位刚入校便引起轰动与肖逸之齐名的中文系系草。

庄羽小我两届，平素时常陪我去写生，他爱玩爱闹，很快与美院的学生相熟，除了肖逸之。夏至以来，蝴蝶飞飞，翩跹得欲迷人眼。我来到花田，肖逸之约我在花田见面。有蝴蝶落在他的肩上，盘桓久久不愿离去，黑曜石般的眸子里映出我的倒影，他欲言又止。

沉默半晌，我尴尬异常，他的心思我委实了解却又无法回应。他望着肩头的蝴蝶，目光却悠悠地落在我身上："昙花刹那芳华，草木一岁枯荣，蜉蝣朝生暮死，蝴蝶的生命其实也很脆弱。有这么一种蝴蝶，存在于上古的神话传说里，它们不断地死亡、撕裂、破茧、重生，只为了换来前世相爱之人的匆匆一瞥。"他转过头看我，眼底有细碎的星光，"我也一样。"

我只问那种蝴蝶的名字。

"浮生梦蝶。"他知晓我的拒绝。

我再一次梦见了那个少年，他有着忧伤的眉眼，化作一只蝴蝶，翩翩飞去。

白露前，麦未熟，恰是初秋。我不止一次听好友说庄羽跟系里其他女生走得近，神色暧昧。听说是一件事，亲眼所见又是另一件事。写生本想唤庄羽同去，却被冷淡地编造借口拒绝。明知是借口，我还是请了假一探真假。微笑着跟唤我学姐的新生打招呼，等到人群三两结伴地走光，庄羽跟另一个装束甜美的女生挽手走出楼。女生手里捧着一束百合花，人比花娇见到我也只是微楞，随即恢复了不在乎的神色。

从捉奸到分手，统共了只经历了五分钟。

奇怪的是，我却没什么伤心难过的感觉。

阳光下，他还是梦里的模样，眼角微微上挑，却给我一股违和的陌生感。他抱怨我太忙总陪不了他，跟肖逸之走得太近，为人死板不通情趣……"像你这样年纪的女生不是应该都看韩寒郭敬明的吗，可你却是个异类，总问我些蝴蝶是我我是蝴蝶的问题。"他看了看我怀里抱着的《庄子》，像看怪物一般地奚落我，我无所遁形。用网路上一句挺流行的话来说就是"你说你年纪轻轻怎么就这么想不开呢"。

我落荒而逃。

回家大睡了一天一夜，却再没做过那个梦，梦见那个少年。下去倒垃圾的时候顺手丢了那本《庄子》，晓梦迷蝴蝶，那毕竟是庄生的梦，我却一直在他人的梦里，流着自己的泪。

再见，我的浮生梦蝶。

冬季寒风吹彻，凉到心里。我莫名地想念肖逸之，他早在深秋便请假写生，这一次走的时间好像格外漫长。我想念他给我说的那只蝴蝶。走进他的画室，却在角落发现了一幅他显然早已完成的画。画上杨柳依依，在水之湄，一对男女正背着黛绿的竹篓，采薇。上题：卿初嫁，共采薇。

忆起小时候曾有一只出奇美丽的蓝蝶飞到我的手心，我恶作剧地在它的蝶翼题上了我的名字，却小心不把它的翅膀弄皱。

记忆如潮水般涌来，从及其遥远的光年，千古之外。我是山间烂漫天真的采薇女，他是一只笨蝴蝶。我出嫁前夕，青梅竹马却被强征入伍，我等在小渡口，时光来复，风景还像旧时温柔，我走过堤上柳，夕阳西下的小渡口，他在千里之外却早已名就功成拥如花美眷睡在玲珑轩榭。笨蝴蝶在我和他嬉笑打闹时却也被渲染，在他走后便化作了他的样子，装作他，以为我不知晓。你可知每每你飞往我的掌心，徘徊忘返，我便暗记于心？

关于那个冬天的记忆是终日的昏昏沉沉。来复的时光我总是不分昼夜地沉沉睡去，抑或是去南山坐一个下午，不理朝夕。那一晚我做了一个梦。梦里是一片虚无，除却一个巨大的、雪白的茧。茧在轻轻地抖动，发出簌簌悉悉的声音。有人在里面挣扎，我这么想着。然后莹白的指节终于将受困的围城撕裂，一只纤细的手腕缓缓探出，像是用尽全部力气。那个少年走出来，沐浴着满身光华，他的一双蝶翼徐徐张开，微醺了我的岁月。

春光融融的时节，杨柳抽出新叶。我的蝴蝶少年正站在垂垂的杨柳下向我微笑。我低首，想说的话忽而哽在喉。

死亡，撕裂，破茧，重生。这样的冬天，他每一年都会过。

冷雨泠泠落下，沾衣未觉，少年换下微湿的衣服，白皙的腰间却分明有着歪歪扭扭的字迹，一看就知道出自小孩子之手：子陆。

作者简介
FEIYANG

朱蓓，笔名辛和，1995 年生于江苏泰州，现就读于县城某重点高中。性格是龟毛与闷骚的简单相加。热爱文字但为人极懒，爱听古风歌，喜欢的歌手是河图。（获第十四届新概念作文大赛二等奖）

洞中游记  ◎文/黄佯谷

一

去年的圣诞节之后，天气骤然冷了许多。圣诞节后的第二天，学校放了假，我在熙熙攘攘的机场等待那架晚点的飞机时买了一份奶茶喝着，手机响了起来，我想了片刻并没有接。当我把纸杯扔进垃圾桶的时候，候机大厅里回荡起登机提示。

我掏出手机瞥了一眼，九点五十分。关机之后我提起书包向登机口走去，大厅以外，想必天已经黑了。

午夜，我降落在南方稍稍发寒的大地上，把围巾拿出来又放了回去。父亲在外边已经等候多时了，远远地朝我招手，我小跑过去，似乎有股汹涌的力量让我变得迫不及待。突然之间，我发现这南方的大地并不寒冷。

一路颠簸到家，已是凌晨，天黑得让人寂寞。母亲还未睡下，在不紧不慢地煮着宵夜，热气旋转着升腾而起，橙黄色的灯光变得温馨。

外婆在天明时到来，我还在沉睡，当时并不知晓。当我睁开眼望向一尘不染的天花板时，日已近中。我听到前厅里，外婆和母亲轻声细语地交谈，在有些沉重的空气里静静地蔓延。

"你五婶的病越重了……"

"妈，你也不用太担心了。"

"可是你看看，她那么多的儿媳妇有谁去给她擦过身子端过水？"

"唉，平时看上去都本本分分的，一生病才知道……"

"有空，你也去走走吧。"

"好。"母亲短促的回答伴随着碗碟碰撞时低沉的声响。然后趋于沉寂的时候，我起身离开了床。推开门走出去，我轻轻地叫了声："外婆。"

外婆转过头来，笑了，她的头发梳得整整齐齐夹杂着些许青丝。

"起来啦，快去洗脸，吃饭了。"我点点头，跨出门，这时的空气在日光下微微渗出寒气来。

我记得小时候，到了夏天放暑假，外婆每一日晚上总会带我到处串门，我是个嘴甜的孩子，现在想来，才晓得幼时为什么总是讨人喜爱。村路并不平坦，我会牢牢牵住外婆的手，油然生出一种带着暖意的安全感。记忆中那些夏夜总是在满天星斗下飘满浓郁的茶香，还有星星点点火红的烟头。

这天晚上与记忆中的某些地方极为相似。外婆领着我去拜访生病的五婆。月光不明，只是一抹纤细的新月。外婆的步伐稳健而且急促，充满活力。这十几年的岁月似乎瞬间消逝，却又似乎从未到来过。

五婆住的房子没有变化，庭院有些凌乱，墙角的龙眼树上飘下的枯叶落了一地，走过时发出咔嚓的破碎声。那棵龙眼，在幼年时可是我们孩童心中的宝树，成熟的桂圆总是让我们垂涎欲滴。

屋内只有五婆一人，外婆站在我身旁对我点点头，我走过去轻轻叫道："五婆。"

五婆欣喜的脸庞在灰暗的灯光下让我微微一颤，没想到五婆竟然老了这么多，那些皱纹和白发让我在记忆中搜寻不到对应的影像。

"祖浩回来啦，瘦了。"五婆的目光看着我亲切而自然，她撑着床沿想坐起来，但似乎有些艰难。外婆连忙扶着五婆，待她坐好，自己也在床沿坐下了。我也坐下了。这时我才发现外婆提着的保温瓶里盛放着散发出香味沁人心脾的汤。外婆盛在碗中端给五婆，便淡定地谈起家常琐事来。

屋里也是凌乱的。床头边的桌子上细小的各种物品随意地摆放着，还有许多高低大小的药瓶，扶手椅里随意地堆放着衣物，在灯光下灰蒙蒙的。盖在五婆身上的被褥犹如沉淀一般的灰黑，仿佛原本就是这个颜色，屋中的空气并不太好，有慵懒肮脏的气息。

头顶上，红梁高悬，青砖整齐地排列着，在漫长岁月里沉淀历史，变得高深莫测散发出神秘的诱惑来。

不多时，五婆的大儿子回来了。按外婆的说法，五婆的四个儿子会轮流照顾她，这么说来，今天便是轮到她的大儿子。外婆又坐了一会儿，点上了五婆大儿子递上来的烟，仍旧在讲话，淡淡地，慢慢地。

我们起身告辞时，五婆的大儿子礼貌性地把我们送到门口，外婆压低嗓音对他说："被单也该洗洗了。"

他答道："好的。"

然后外婆又提高嗓门，"不用送了，进去吧。"我们大跨步融入灰白的月光中。

一路上，外婆用略带可惜的语气向我描述五婆的艰辛与不幸，语速不紧不慢，仿佛在倾诉自己的不幸，细细碎碎，如涟漪荡漾，和着月光有些朦胧，直到我们跨进另一个庭院。

这是完全不同的一番景象，整洁，一尘不染的物件静静地立在月光中，带着冷漠不近人情。这个庭院中也在记忆中占据了极大地位的。那时夏虫的鸣叫不绝于耳。而此刻却寒风凛冽，四下阒然。

这天晚上，我在这个庭院听到了一个至今令我迷恋的传说。

二

外婆又点上一根烟。一个忙着泡茶的瘦女人把发白的发丝挽在脑后，茶水的香味散发开来，然后逐渐淡去。灯光橙黄。这幅场景在这么多年的时间里，依旧没有改变，安谧得让人昏昏欲睡。这个与外婆年纪相当的女人是我的阿婆，与我们并没有亲缘的联系，唯独与外婆共同度过了童年及少女时代。

阿婆递给我包着红纸的糖，与外婆谈了起来，外婆用自豪的语调在不自觉地炫耀我，是的，每每如此。许久，两人突然压低了嗓门，谈起另一个话题来，把我遗忘了一般。

"你觉得那是真的吗？"

"也许是，"外婆喝了口茶，"可也只是说说的吧。"

"你看，阿兰（五婆的名字）她现在整日胡思乱想的，病怏怏的，脑子都不好使了，"阿婆也咂了口茶，"据说，就是乱闯的时候走到洞里去了呢。"

"可按照人家说的方位，我去过，没什么洞啊！"外婆摇摇头，不再说话。

"反正是小心点，没事别在山里乱走就是了。我小的时候就听别人说过，山里头黑的地方有个山洞，有野人的，那个年头，好像还有人被野人抓走的呢。说是长着翅膀浑身是毛，听起来就让人起鸡皮疙瘩，听说这些人后来都又回来了，不过不是傻了痴了就是疯了，逢人就说有怪鸟野人之类的话，不过到底有没有这些事就闹不明白了……"

"是山的那一面，靠池的一面，我还有块地在那儿荒着呢，好些年了。"外婆说。

"荒了就荒了，别去管它。"说完，两个人又都安静下来。

屋里一片漆黑，我躺在床上思忖着外婆在阿婆家讲起的话语，那是个什么洞，存在吗？这些年来怎么又没有听家里人或村里人讲起过，压低了嗓门讲这件事,在避讳些什么呢？我起身打开窗，月光倾泻进来，银白色的光却有些灰暗，有些发凉。

我觉得我该去找麦子一趟。

三

我跨进麦子的家，他正在看电视。听到动静转过头来看见是我，大叫了一声蹦起来，遥控器啪一声摔地上了。

"祖浩，什么时候回来的？！"麦子问了起来。

"前晚。"细细算来，我们已经将近一年没见面了。他刚要说什么，被我挥手打断了——

"慢着。"我解下围巾双手合十在厅堂一角的黑白照片前拜了拜。那是一个面庞刚毅的瘦颓男子的照片，是麦子的爷爷，去世好些年了。

"你还是这样。"麦子说。

"应该的。"我没有再说下去。

不多时，麦子就和我东拉西扯起来了，突然觉得心里很充实很温暖。那些话题没有变，又把我拉回到了童年时代。我和麦子是在一九九九年认识的，这可是一段跨世纪的友谊。起源于一窝毛发稀疏的幼鸟。上树逮鸟向来不是我可以做的事情，父亲是不允许的，加之较少步出自家庭院，对于这些看似有趣的活动也提不起兴趣来。那一日路过麦子的家门，有几个小孩围在他家庭院的石桌边上，和我年纪相仿，那一年我九岁，麦子大我一岁。我久久伫立，他们似乎很高兴，我不敢跨进。

麦子可能有所察觉，抬起头望向我，许久他开口："你是祖浩吗？"我点点头，他就笑了，"过来啊！"

石桌上是一窝幼鸟。

然后，我们认识了，开始于这一年的友谊持续至今，我想，他要是抬头看了看我不说话，我是不会和他成为朋友的，但是他开口了。就是这样，那年夏天我天天出现在麦子家，让我的母亲欣喜不已，她认为我终于能出门去玩了，这才是一个正常的孩子。

然而，我却畏惧麦子的爷爷，他不苟言笑，每一次见到我都只会说："小鬼，你又来了。"当然，这或许是麦子爷爷的玩笑，或许他的性格就是如此。但我始终没有弄明白。

"你在外面读了这么久的书，也不回来几趟。"麦子抱怨起来，"我还以为你和谁远走高飞了呢。"

"少抬举我，那不可能。谁像你，学校离家这么近，一个月都能回来好几趟。"我接过麦子递过来的奶茶，"你还会泡这种东西？这颜色怪怪的。"

"不喝还我。"麦子又伸过手来。

"我要喝啦！"我挪了挪身子，奶茶差点泼出来。

许久，我们开始进入正题。奶茶将尽，我哈出白气，转过头望了一眼被窗户禁锢着的那片小小天空，灰灰的，有些脏的样子。

"麦子，你听说过山那边的洞吗？"我不觉压低嗓音，麦子的眼睛里闪过一丝奇异的光辉，沉默良久，点点头。跟我猜想的一样，这或许是个公开的秘密。我接着问："那是个什么洞？"

麦子沉默了，过了一会儿，他才看我："祖浩，你问它干什么？"

"好奇。"我不假思索地回答了，"昨晚听了些。"

麦子摇摇头，良久才接下去，"我也是听我奶奶说的，而且村里人都这么说。说山后那片没有主人的林子里有个黑不溜秋的洞口，里面住着些怪物。我奶奶说净是些长着毛有翅膀的野人，像鸟一样的。不过活着的人脑子要是清醒的肯定没见过这洞，听说——"麦子又把嗓音压了下去，"那些见过的人都疯了，还很快就死了，人家都说那个洞里的不是野人，是妖，是有魔力的，恐怕——"麦子拉长音，停下来。

"别吊我胃口，说下去。"

"恐怕，这里面还有一道隐情，有人捣鬼。"麦子说着笑了两声，"小阴谋。"

"有这么严重吗？况且都不是真的吧，那些疯掉的人都不是正常人，"我说，"如果只是巧合呢？"

"你今天到我家来，一定不会是巧合。"麦子脸上闪过狡黠。

"那么——"

"你想去看看。"麦子陈述句的语调让我一惊。

"果然是好兄弟。"我摇摇头,"你呢?"

"当然去,我盼望好久了。"

接下来的几天里天寒地冻,我每日都裹着围巾去麦子家秘密地谋划着"旅行"。麦子的奶奶对于我的到来似乎很高兴,一个劲儿夸我,还给我准备了不少零嘴,但是麦子好像并不在意。麦子搓搓手找出一本笔记本,在本子里记下了各种道听途说的只言片语。厚厚一本,重复的甚多有用的甚少。文笔寂寞,和当年在文学社的时候相差无几。

我们一直在思索着一个合理的借口。还有该带些什么。

麦子硬是把一顶帐篷塞进了旅行包,还有他买了不少干粮,指南针,连镜子都带上。

三天之后我和麦子都接到了一通来自学校的电话,他的美术学院和我的商学院都说了同样的话,要求"尽快回校,提前开学"。我们买了票,加紧整理行李。外婆急急忙忙地赶来,然后舅舅也来了,全家人聚在一起吃了一顿饭,我在席上有些异样的感觉。事实上,如你所料,电话是我们自己打的。票也不过是箱底的过期废票,但是我万万没有想到外婆会来这一桌酒菜。

麦子的奶奶对于麦子的"提前开学"充满遗憾,麦子的爸妈在外极少回来,老房子里只有她一人。看着麦子奶奶的表情,我几次差点脱口而出讲出真相。但是在"接到电话"的第三天,我和麦子赶往车站,我们竭尽全力才说服外婆不进站,否则我们就穿帮了。

火车在几分钟之后开动。

四

麦子在帐篷前架起篝火。

火苗翻舞着把麦子的脸映得通红，泛出金黄色，也带来了些许温暖。头顶上是星罗棋布的寥廓天空，深蓝色的如同幕布一般。四周的草长得很高，摇摇摆摆的。篝火的正前方是平静的水面，那种水流击打石块的响声将我们轻柔地包裹着。我吃着面包，眼睛盯着麦子那双在火光中遮挡不住激动的脸，俊朗而且轮廓清晰。

"麦子，你说他们抓人干吗？"我问。

"祭祀呗，还能干吗？"麦子抬起头看了我一眼，"我爷爷在很小的时候跟我说过。他或许以为我太小，不会记住的。但是……我记住了。"

"我很抱歉。"我轻轻说，重新围起围巾来。

"无聊。喂，还记得这个地方吗？"麦子指向那潭平静的水。

我点了点头，没有说话。我当然记得，好多个夏天都有我的身影出现在这里，但是水里永远没有我的身影。我不敢下水，麦子则会和一大群同龄的人浑身赤裸地在水里翻滚打闹，男孩子们的身体都异样结实，皮肤黝黑。但是，这是好久以前的事情了。后来发生了一些事，孩子们就不被允许到河里游泳了，而这些事中有一件与我有关，甚至说，我是主角。

暂且不提关于我的那件事。我记得麦子和别人打架的那一日。那个年代的打斗总是来得莫名其妙，起因往往总是无关紧要的小事。当我明白过来时，麦子已经和叫宝石的男生打起来了，两个人都没有穿衣服，我清晰地看到麦子后背上好几道有血色的抓痕，所有人都停下来，但没有人上前阻止，我突然上前用力把两个人推到水里，我现在觉得自己真是愚蠢透了。

但是，两个人都松开了手。

"我喝了好多口水。"麦子略带笑意地对我说，"知道吗？"

"那我不管，反正我劝架是'正义'的！"我回敬。

"好啦好啦，睡觉了。"

"这么小的帐篷挤我们两个人？"

"勉强勉强啦。"麦子已经爬进去了，"再说我也很勉强诶。"

"哼！"我也爬了进去。外面天寒地冻。

我记得那天晚上我又一次做了噩梦。

所有梦的开端都是模糊不清，毫无依据，我梦见了那一天。我和麦子一起去河边玩耍，我们的年龄甚小，似乎在我们认识之前的年纪，然而他要教我游泳，我似乎答应了，周围的阳光亮得发灿，清澈光洁。于是，我们下了水，感觉异常真实，我脚踏柔沙，它们在不断移动，水有一股力似乎要抬起我。我小心翼翼地在河水中走着。但是突然之间我脚底下的沙石全都不见了，于是我开始下坠，河水漫过我的嘴，我的鼻孔，我的眼睛……我的鼻孔里再一次火辣辣地疼了起来，四下里全黑了，我有些窒息……

在同一个地方，梦还是结束了。我醒来发现异常寒冷，天依旧灰暗。这个梦已经发生了无数次，一次次让我陷入恐惧之中。我想它还会再出现的。这个梦必定来源于几年前的那件事，但它总是不完整地出现。这个冬天的寒冷清晨，我在帐篷中思忖着这些事情，头脑有些发昏。篝火已经灭掉，风呼呼吹过草丛。我觉得这片草丛或许就是外婆所说的荒了的那块地。

麦子裹着大衣坐在篝火堆边。我们两个已经对视很久了，沉默不语，似乎在等待某一个人或某一件事。又过了很久，我们两个同时开始大笑起来，但随即止住。这无人荒野如果传出这样凄惨的笑声，恐怕会招徕些不该出现的东西吧。其实，我们彼此都听到对方的笑声所隐含的情感。

"嗯……"我在思考着如何开个好头，"我们能找到洞吗？"

"找到了你敢进去吗？"麦子的反问总是让我哑口无言。他又接着故作姿态地说，"我看到了你的恐惧。"

"别装出那副哲学家的样子。"

"我知道你家是三代单传。"

"……"

"出不来回不去怎么办？"麦子继续动摇军心。

"停！你饶了我。"我说，"我是害怕，但不至于现在回去。"

"放心啦。"说罢麦子起身开始收拾行李。

"那你说，我们能找到洞吗？"我一动不动地坐着，只听麦子头也不回地说了一句，"洞存在的话没有找不到的道理。"

也正是这样的寒冬一日。我和麦子穿行在草丛中。我们都相信，那个令人心驰神往而又心生恐惧的洞是存在的。是的，在天空发亮，阳光灿烂的早晨，我们在一片树林中发现了洞口。

五

洞口掩盖在高耸的野草中，我们的周围是无边的树林，那些树木枝干粗壮，但树上的叶子在冬天尽管没有落下却也和野草一样生病似的显现出枯黄来。洞在一片看似壁的石头上，漆黑无底。

从我站在洞口起，我开始觉得恐惧。那个洞口似乎可以吞噬一切，自头发到脚底，一种突如其来的冰冷不断扩散，我的胃极为难受，有虫子一样地发痒，让我开始有恶心的感觉。我的身体似乎漂浮起来，离开了地面，浑身开始颤抖起来。那种恐惧与昨日噩梦里的情景一模一样，我开始眩晕。

六

我和你想的一样，醒来之后也许能发现自己躺在一间雪白色建筑的洁白的病床上，周围有五星级的设施，一派富丽堂皇熠熠生辉的豪华世界。然后四周空无一人，床头最好有一杯温度刚好的开水和几本书。但是非常抱歉的是我眼前的实际情况只有一项与想象中的一致，就是：四周空无一人。

这是一间普通的房间，极为平常。一开始我以为自己被村里人发现后抬回了家，正担心怎样给家里人解释时，我才发现我又错了。这里当然不是我们村子的一处，事实上我们已经进了那个山洞了。

并没有传说中的恐怖，这里的人对我们格外友好，他们果然拥有翅膀，身上有些地方长着毛，与我和麦子无太大差别，并没有显得狰狞吓人。麦子在我隔壁的房间里，那是一条穿过山洞一样的笔直伸长的隧道。两旁是一个个相似的房间。这里的人在忙碌间不经常出现在我的房间里。着或许是类似于医院的机构吧。我的所有电子设备全部是黑屏状态，看来家里人要找一阵子了。

翌日，一个人出现在我的房间里，她很漂亮。她坐在我的床边看着我。我有些尴尬，从牙缝中挤出"你好"后就再也找不到词语了。又是一片沉默，许久后她才开口，"你康复得真快，以前来的那些人都要昏迷好几天才会醒的，没想到我们的药草也有失灵的时候。"我舒了一口气，听她接着说，"如果你和你的朋友能在这几天好过来的话，你们会有惊喜的。"我问她是什么惊喜，她说："我们要进行祭祀。"我猛地一惊，有些茫然。她似乎看到了我的变化，连忙说："别怕，我们只是邀你们以宾客的身份参加的。"说罢从口袋里掏出一本巴掌大小的书递给我，我看到了书名印着《湖鸟祭》。

"看看吧。"

我松了一口气，她起身给我端了一杯水，"我晚些时候再来拜访你，请好好休息。"说罢对我浅浅一笑之后，那有淡蓝色羽毛的翅膀从我眼前消失了。我这才恍然想到，我没有问她的名字！不过，这也算是个艳遇吧？我翻开那本书，纸张厚实泛出微黄有一种奇异的芳香，我想里面写的那些礼仪就是所谓的"湖鸟祭"的礼仪。书里说，祭祀是为了向祖先祈福，要在湖中举行，届时所有族人都要参加大典，想必她就是湖鸟族人吧。还有，祭祀由"族长"主持，整个祭祀会持续四天。刚看了几页，我觉得头有些沉，便睡去了。

不过，这里的一切为什么都与村民传说中的模样相去甚远？难道有什么东西还未出现吗？

七

两天以后，我和麦子被视为上宾参加了湖鸟族人的祭祀大典。我们被告知只需要进行一些简单的仪式即可，而且不需要全程参与。

那一日真是空前盛状。我也终于明白，那个漆黑的洞口原来是桃花源的入口。

这里的村落房屋鳞次栉比，每一条道路都笔直而显得漫长，红砖绿瓦的房屋门前台阶如出一辙只有三阶。道路上铺的是刻意打磨但又不至于太滑的大理石，每家的窗台下都种着些花草，郁郁葱葱。阳光温暖而轻柔地落下，这里并没有一丝冬日的气息，却又阳春之意。

祭祀大典这一天，我无比惊讶地发现村落有了新面孔。仿佛一夜之间花朵都绽放开来，到处是一派姹紫嫣红的景象，连台阶上也铺满了沾着露水的鲜花，一切都清澈透明如彩色玻璃一般。所有人都涌出家门，高举鲜花和一种散发香味的绿草，身着斑斓绚丽的彩装，欢唱地奔跑前往祭祀湖。到处都是色彩，到处都洋溢着欢快的说话声、叫喊声、歌唱声。回荡着没有停息。

我和麦子坐在马车上穿越欢快的人群直达祭祀湖，内心激动不已，仿佛置身于罗马狂欢节。

第一天的大典据说最为重要，珊莉（我终于问到她的名字）为我们作了详细的介绍。她说大典会在祭祀湖中间的祭祀台上举行。所有人都要围在祭祀台边上，由于祭祀台上不允许有很多人，所以大家会乘船并呆在船上。那是一片美丽安谧的湖，浩淼无边而平静得让人窒息。入口会异常美丽，会有很多的树。

而现在，我和麦子终于要见证珊莉的描绘了。

下午四时，大典开始。我和麦子在那条让我们倍感受宠若惊的船上更换了服装，一身淡青色的长袍，和民国时期的服装有几分相似。船的主人正是珊莉的父亲，而珊莉的父亲竟是湖鸟族的族长！

在船驶往湖心的时候，我不觉回过头去望那神奇的入口。那确实是一个奇妙的地方：那些枝丫交错的树木围于湖岸，向陆地扩散开去，脚下铺满落叶的泥土潮湿而温暖，而后来逐渐起雾了，阳光消失不见。朦朦胧胧地给树林抹上了一层灰。有一种诱人的力量让我们不觉向湖岸走去。错觉间仿佛是那片奇异的瓦尔登湖。

　　船的前方出现了一个圆形的岛，我想那便是祭祀台了。船头点起了黄晕的灯，雾气浓了起来，岛又不见了，四周的船也点起了灯，一眼望去点点黄晕。灯光摇曳在雾气里，在乳白色的背景下显得神秘起来。然后船只便连成一片，紧紧相靠不再摇晃，湖鸟族人们伫立在甲板上，没有一丝声响。

　　大典开始了。

　　珊莉的父亲登上祭台，向高脚杯中倒入红色的液体，一共有九个高脚杯。祭台的中央是个圆形的坛，向下凹陷，盛着蓝幽幽的液体。族长绕着祭坛走过一圈，高举双手，绽开巨大的翅膀。从他的喉咙里开始迸发出一个个音节，那是我和麦子听不懂的语言。族长浑厚的嗓音开始向湖的四方扩散，如神主的召唤一般，在长久的诵读之后，族长突然吼了一声，没来得及细看，幽蓝色的液体开始燃烧，哗的一声窜得异常的高。紧随着左右的人开始诵读那些我听不懂的语句，细细地增长起来，连成一片，到最后是雷鸣般地震动我的耳膜，船板似乎也在微微颤抖。

　　我闭上了双眼，感受这宏大的气势，内心有一种力量在翻腾升涌，传遍全身，我的身体如同燃气火焰一般开始温暖、激动而变得颤抖起来……当我再睁开眼，诵读者开始在不自觉地放低声调，如潮水退去，退去。

　　我的头开始晕了起来，甲板似乎又开始震动。

　　我醒来发现麦子坐在床边看《湖鸟祭》。

　　"你还真是弱啊！"麦子装模作样地对我摇了摇头。我笑笑没有答语，就在这时，珊莉推开门走了进来。

"醒了？还好。我爸爸很担心你。"她说，"他会来拜访你。"

"真不好意思。"这是我发自内心的愧疚，"制造了好多麻烦。"

"没关系，"珊莉说，"我去给你们准备晚饭。"

我突然觉得饿了。

族长那刚毅又睿智的脸庞在我脑海里留下了无法磨灭的印记，他自始至终都显示出长者的从容和智慧，而他也答应带我拜访湖鸟族的智者，他说："很荣幸做你的向导。"我有些不知所措。

八

翌日清晨，我在族长的引导下去学校拜访了校长，麦子则不愿和我同去，留在了房间。校长有灰色的矫健翅膀。学校里正在上课，唯有读书声不绝于耳。校长热情地给我准备好一份密密麻麻地标注着各式名称的地图。校长的接待室在圆柱形塔楼的第十层，可以望见这个学校。我在窗边站了许久。环顾了一遍，看见东面有一个湛蓝的湖，南面则是一片树林，学校里的建筑物都显得颀瘦，高高地耸立着。在晨光中显得安静而美好。

族长不多时便离开了，随后校长开始带我参观学校。首先我们去了实验楼，那里的各种器材应有尽有，我们走进时有许多学生正围着一个冒白烟的玻璃瓶。

"他们在研制药品。"校长说，"他们很厉害也很聪明。"我们走了过去，学生们看见校长仍旧不闻不问地忙碌手中的活，只有一个片刻闲暇的男孩对校长点点头便又埋下头去。这多少让我有些惊讶，他们的不理会在我看来是很不礼貌的做法，然而校长似乎完全不关心这些。我们两个人站在一旁一言不发地观看他们默契的合作、记录……在走廊上的时候，我问校长："学生见了您都不打招呼吗？"校长似乎有些惊讶地说："会的。"

"那么刚才他们并没有打招呼呀？"

"我们刚才是打扰者，况且那个男孩已经打过招呼了。"校长笑着说。我们穿过一间间房间，看见一个个有些相像的场景。

"这样的参观是不是太枯燥了？"校长问我，"我不知道该怎么跟你介绍。事实上，在你之前并没有人要求参观学校的。"

"不会的，是我打扰了。"我有些不好意思。很快我们就到了教学楼。那是座方形的塔楼，楼顶的平台周围是用石块垒成的，有巴掌大小的孔，站在上面迎面的风极大，嗖嗖地吹过。校长说这座塔楼是在很多年以前用来战争的，我恍然大悟。校长接着说，湖鸟族的第七十四任族长就是死于那场战争，倒下的地方正是我站的地方。我听罢连忙挪开身子。我没有再过问那场战争更具体的场面，只是隐隐约约觉得那对于湖鸟族人来说，或许是个巨大的伤痛。

教学楼沉浸在一片朗朗的读书声中。我们走过一间间教室，看见一个个端坐的小孩，那些柔嫩的翅膀在顽皮地不时扇动着。校长一言不发地走过，我觉得校长显得有点儿担忧、不高兴。

我没有问起，这才发现教室里都没有成年人抑或说是教师。校长只是淡然地说："他们开会去了。"

我又问："您不用去吗？"

校长笑了笑说："副校长主持会议。我不参加会议的，副校长在昨天就已经把他的会议计划给我了。可以说，校长是个闲职啊，哈哈……"

"你有兴趣到教室里看看孩子吗？"校长已经推开了一间教室的门，并没有给我留下拒绝的机会，我们走进去的时候，读书的孩子们有些停下抬头望着我，校长举起双手说："孩子们，停下一会儿。"是的，他们立刻就停下来，都看着我，目光中有一种极易察觉的好奇心。校长说："这是属于人族的祖浩先生，他将会参观我们的学校。"孩子们开始喧闹起来，有几个男孩喊："校长，我可以摸摸他吗？"校长及时制止了他们，但是有一个男孩说："校长，我可以当他的向导吗？"

于是，我就有了两名向导。

顺着旋转的楼梯走向草木培育实验房的路上，我问那个叫做艾米的男孩子为什么要做我的向导，他说："妈妈说人类是很聪明的一个种族，我想看看你。"

我对着艾米，突然笑了，说："如果我并不聪明呢？"

艾米没有过多的思考，脱口而出，"那我就回家跟我妈妈证明校长是最聪明的。"

我明白，在一个人心中，有些东西如同自己的信仰一样是无法改变的，它们根深蒂固，在心底发挥着巨大的作用，如同动力一般。而此时，校长已经推开草木培育实验房的门，迎面扑来一阵泥土清新的味道。

千奇百怪的草木在眼前肆意地成长，将整个实验房填得满满的，艾米说最里头有他种的一株草，于是我们小心翼翼地穿行来到了最里端，艾米种的草巨大而且散发出沁人的馨香，叶子宽大而且如同三叶草一般，校长赞赏地点点头。在通向湖畔的路上我突发奇想地问艾米他们在老师不在时读些什么。艾米说："我不知道。"我觉得艾米没有明白我的意思，可是艾米却认真地说："我不懂那些东西，只是老师说会用到的，否则谁也不会去背那些句子。"

校长在一旁说："艾米说得没错。"我觉得不可理喻，但是校长又说："如同考试一样，这些东西才会派上用场的。"我无法想象，从开始到现在都被我当成桃花源的地方竟然还是用这种教育方法，那些美好的希冀就如同肥皂泡一样破灭了，我向校长说了一切，我说："难道他们学的不是真理？"

校长笑了，"是真理，只不过是他们不懂将来也可能用不上的真理罢了。"

我有些失落，校长边走边说："但是，祖浩先生，这些方法可是跟你们人类学的呀！"我恍然大悟。

艾米回到教室去了，校长和我在湖畔慢慢地走着，迎面而来的是身披长袍的族长。我想我该离开了，但是校长在我身边停了下来，轻轻地说："我当时并没有背过任何一句那些书上的句子，啊，或者说是'真理'。"说罢兀自笑了。

九

中午，珊莉一直陪着我，和我一起吃了午餐，似乎有什么事要告诉我，但又始终没有说出口。我也觉察到了一些细微的变化，餐桌上弥漫着暧昧的味道，麦子却迟迟没有回来，估计玩疯了。午饭过后，珊莉代替其父亲成为我的向导，带我前去图书馆。

图书馆是座气势磅礴的白色石头建筑，巨大的拱形窗户上的玻璃色彩翻腾着透出威严来。大门是黄铜色彩的，我想，从那扇门通过一辆超载的大卡车是没有任何问题的，远远望去，图书馆与周围的建筑显得很不协调。我和珊莉走了进去，我惊讶地发现图书馆里面人头攒动，反而显得喧闹，不太像是读书的地方了。珊莉径直带我沿着一排排书架走下去，到了尽头停步，我看见那有一扇门，四周却远离了喧闹变得安静了。珊莉轻轻地敲了几下门，只听见里面传来"请进"的声音。

坐在窗台边看书的长者就是图书馆的馆长诺曼先生，他的头发银白，得体的雪白色长袍还有慈祥却又略有不带感情的严厉让我想起了《魔戒》中的刚多尔夫术士。但是诺曼先生的翅膀有些弱小，毛发灰暗。

"啊，珊莉，你好久没来看我了。"诺曼先生对着珊莉说出了第一句话。珊莉向他介绍了我。

"欢迎到来，好久没有见到人类了。"诺曼先生露出了友好的笑容。

我不知道该说些什么。但是过了许久我问诺曼先生："为什么会有这么多人来图书馆？"这问题看上去蠢到了极点。

不料，诺曼先生却道出另一个故事。

诺曼先生开始当馆长的时候，馆内经常连个人影都没有，偶尔有学生结伴而来。读书的人少之又少。这是他极不愿意看到的，但也无法改变。后来他想出了一个方法，既然所有人为利益而奋斗，如果读书成为一种利益，那图书馆的作用能发挥得更大吧？所以有人开始流传图书馆里有几本书是先哲留下的宝物，传得玄乎其玄，仿佛找到书就能找到黄金似的。很快，这里由原来的门可罗雀变得门庭若市。

"是的，大家都想实现理想。"诺曼先生说，"想找到所谓的'成功方法'。"

我静静地听着，心想这何尝只是诺曼先生为湖鸟族人的总结，我们又何尝不是这样？诺曼先生接着说："所有人都在找方法，你只要告诉他们方法在书里，他们就会涌向这里。告诉他们在海上，他们或许会去打捞漂流瓶。这种方法只能叫伎俩，根本是心理强迫，又有几个人是因为热爱书而来的。"我点点头，他接着说："但总归比没有人要好，可是，这种狂热态度是不会持续太久的，等到他们厌倦了，终究会空无一人的。读书终究是一种信仰，但是他们之中又有几个人拥有？……"

我默然，思考着诺曼先生的话。

我现在还清晰地记得那天晚上我一直在床上思忖着事情。心目中的世外桃源原以为找到了，但到头来却发现是两个完全相同的世界，什么都没变。这里也只不过是另一个人间而已。那夜的月亮，很明朗，很漂亮，但是分明透出冷漠凄清来。

十

"湖鸟祭"的第三天我没有再出门，珊莉和麦子也都在我的房间里，天空很低，有些阴霾。麦子昨天一整天都参加了祭祀，回来兴趣不减，显得异常的兴奋，我也只是笑笑，没有太多地过问。珊莉开始给我讲起她小时候的故事，话说"历史总是惊人的相似"，然而珊莉的好玩还是让我吃了一惊。一日的从容淡定，缓缓而谈，脑海里总有奇异的图画浮现。

珊莉讲了很多很多。但是最后，她的眼神如同昨天一般，欲言又止。我不知所措了，问她，她才缓缓说："你会离开这里吗？"问得温柔轻巧，又仿佛沉重。

"我想，湖鸟祭结束后我会离开的。"我说。

珊莉的眼神暗淡无光，我久久不能释怀。

<h2 style="text-align:center">十一</h2>

第四天将会是祭祀中最隆重的一天。我和麦子都决定参加。

挂在我心里的还有一个问题，为什么传说中的湖鸟族人与实际上的相去甚远，据说误入这里的村民都疯了死了又是为什么？难不成他们根本就未曾进入这里？仍旧只不过是巧合？我思考着。我马上就要离开了，这些问题却仍然没有找到答案。昨晚珊莉走后，麦子也才提起这件事。但是没有想到，答案马上就会出现。

祭台依旧如故，然而却早早地燃起幽蓝色的火焰。所有人都一言不发地注视着翻舞的火焰。然后，族长登上了祭台，站在祭坛前再一次高举双手，扇动翅膀。接着便是低沉的诵读声开始回荡，四周渐渐起雾。那些声音有所不同，和我第一日听到的不同，我闭上眼。那些声音仿佛蚕丝一般开始把我包裹起来，到后来声音发生了变化。我觉得很熟悉，但同时让我陷入漫无边际的恐惧之中。

那是水花飞溅的声音，咕噜咕噜地往我脸上涌来，没有任何可以攀住的东西，脚底下一片空虚，唯有水流涌动。我开始下坠，河水浸过我的嘴，我的鼻孔，我的眼睛……我的鼻孔又一次火辣辣地疼起来，四下里全黑了，我有些窒息……突然间有一个巨大的水花声从遥远的地方传来，我昏了过去。迷迷乎乎间似乎被有力的大手从身后抱住……我在岸上醒来了，麦子惊恐的表情在我的瞳孔中被放大了，周围有很多人，但并不是围着湿漉漉的我，而是围着麦子的爷爷……

那天晚上，麦子的爷爷因为心脏病去世了。

因为我的盲目下水，因为我的生存，麦子的爷爷死了。——那是许多年以前发生的事情，这一刻，我似乎又回到了过去。我开始觉得都是我的错误，浑身上下如同蚂蚁爬行般开始发麻。

……我可以感觉到我依旧站在船板上，但是我的太阳穴如同飞速弹奏的古筝般跳跃着，有疼痛袭来，不是从头脑中而是从全身各处袭来的，我开始有些昏了，双脚开始打颤。但是并没有结束，接着我眼前的场景变了，我看到了我的太祖父，我又看见了他的死亡，他瘦长的身躯在眼前挥之不去，疼痛在一点点加剧，我想喊叫，可是却开不了口……天旋地转，我发觉我瘫倒了。

所有的声音瞬间终结。我明白了，那便是传说中的痛苦。

我口唇发干，心里头一阵阵发紧，我突然觉得所有的欢乐都离我而去了。

十二

珊莉对于我的离开显得郁郁寡欢。她无数遍问我是否真的要离开，我面无表情地说是的。我看到了她的双眸中无边的凄恻和无助，不是我心太硬，是祭祀之后我突然明白，有更重要的事要去做，我有我所惦记的人，我没有理由抛下他们，而珊莉也是，但她不能同我离去。族长并没有阻拦我和麦子，他始终面带微笑地倾听我的话语。

"族长，我在一瞬间有疯掉的感觉，"我边说边看着他，"那是我的记忆，祭祀是为了唤醒痛苦的过去吗？"

"不完全是，孩子。祭祀是为了唤醒不该忘却的历史。"族长意味深长地说，"而你要明白，祭祀终究只是一种仪式，它根本就不可能有什么魔力，是你的内心自己唤醒自己罢了，因为你的心里明白，这些不该忘却。"麦子伫立一旁一言不发。

我们的谈话结束了，但是我忍不住又问族长："有人会因此疯掉吗？"

族长说："我父亲便是。"我没有再说话。

族长、珊莉和许多人把我和麦子送到了那个湖鸟族人从来不用的洞口。我们道了别，转过身去，才听得族长的话传来："孩子，你们将再也无法到来，祝福你们。还有，祖浩先生，我父亲……便是图书馆的馆长，因为疯狂让他更容易感知世界，而情感才能造就智者。"

我没有转身，听到这些话却似乎是意料之中，我说："祝福你们。"和麦子加步离开了。

我们又经过那片树林、草地、那潭水。那一夜，月色凄迷。

十三

火车的玻璃窗上是一片迷蒙的雾气。我从睡梦中醒来，望了一眼对面的麦子，还在沉睡。已是清晨七点钟，接到学校的紧急通知提前返校让人有些不快。但这一觉醒来，却不想车途将尽，心情也渐渐好起来了。

手机突然响起来，从包中翻出，屏幕上显示着"珊莉"。珊莉是我的女朋友，她在电话那端问我到校了没有。我说还没呢。待我挂断电话，麦子醒了，但是一脸闷闷不乐。

"怎么了？"

许久之后，麦子缓缓说："我梦见爷爷了。"

这像突然勾起了我的什么回忆，我想起了那年夏天，想起了因为救我而死去的麦子爷爷。在我的记忆中，那年的夏天只有那条河和无边的水。我忽然觉得脑袋发沉，却怎么也记不起昨晚那个似乎很真实的梦了，脑海里只有那些飞溅的水花。

半个月之后，我和珊莉吃完晚餐逛完街回到租住的房子里时，接到了家里的电话，外婆在电话里说："你五婆去世了。"我的脑海里"嗡"的一声，却突然记起了那个梦，而又似乎真实地发生过。

因为我的背包里，分明放着一本《湖鸟祭》。

十四

五婆或许是因为太过于痛苦而死去，想必她也曾经在某处参加过一个"湖鸟祭"。有些历史本不该忘，但是有一些是必须忘掉的。

几天以后，我坐在巨大的图书馆里阅读阿里斯托芬的《鸟》，我的心绪却早已飘远。我想，乌托邦真的存在吗？桃花源真的存在吗？或许我误入的世界便是，只是它没有传说中的来得美丽罢了。

作者简介
FEIYANG

黄伴谷，真名黄可，1993 年出生于福建，自信开朗的狮子座。（获第十一届新概念作文大赛一等奖，第十三届新概念作文大赛二等奖，第十四届新概念作文大赛一等奖）

倾国倾城  ◎文/胡子赫

　　我立在这儿，一路上的舟车劳顿，我的身子跟心一道的疲了，倦了。拖着步子，低着头缓缓向夏宫挪去。

　　早就劝哥哥不要跟夏王作对了，听说夏王只手能将铁钩扳直，哥哥不听，犟着脾气硬要带头不进贡。他说这王不配做九州之主，这王如何昏庸，如何无道，如何残暴，我听着，只摇摇头，哥哥自小如此，只钻牛角尖儿，我只能默默地祈祷有施氏能胜利。其实我也偷偷去祭祀那儿占卜过，祭祀长老说不进贡是大凶之象。果然，夏王为了杀鸡儆猴，联合部落败了有施。哥哥求和，这王真是荒淫！他要我去夏宫做他的妃子，否则便灭了有施一族。为了不牵连有施氏，我不得不去夏宫。

　　夏宫路上，我眼前不断浮现着哥哥与我虽离时那无奈心痛的眼神，长兄如父，哥哥总伴在我的身边，他宠我，让我成为无拘无束的公主，让我在部落里嬉戏玩闹，而现在他只能将我送入狼口。唉……

　　夏宫到了，如此雄伟的宫殿呀，都能住得下整个有施氏了。我低着头，与牲畜站在一起，我只是一件贡品罢了。前面是一个男人的笑声，那样粗鲁，那样丑陋，那样可怕。夏宫奏着欢快的竹笛声，但这是夏的胜利，有施的耻辱。这笑声越来越近，越来越清晰，一躯高大的身影霸占了我眼前的阳光，就像霸占我的自由一般。

这便是夏王，他败了有施，夺了我的自由。

"你便是妹喜？"

"是。"我怯懦答道。

"佳人呀！哈哈……来，抬头给本王看看。"

我仰起头，竟与王的目光对撞了。他的面庞竟不是那样可怕，除了那胡须与剑眉尽显霸气，他的眼神中竟满含着温柔。突然，他的手伸来，我忙低下头，他竟也停住了。他柔声问道："妹喜，这夏宫可满意吗？"

刹那，我好像看到了哥哥决定不为夏进贡的绝决，看到哥哥在有施战败时皱时的眉头，看到哥哥在分别时流下的浊泪。我咬咬嘴唇。

"不，这夏宫太陈旧了，我要一座新的宫殿。"不知怎得，我生硬地吐出了这样的话。

宫中哗然，丝竹乐断了，大臣们纷纷叫嚷起来。"大王，这是妖姬呀！""大王，快杀了这女人。"

"闭嘴！"王大喝道，"依妹喜之言，本王下令造一座新的宫殿供妹喜居住。"

"这……"宫中又一阵喧吵。

"都退下吧。"

我被领进了王的宫殿，宽大的红木床榻上，铺的是罕见珍贵的丝绸，夕阳下镀着一层光亮。床旁的木架上是一套打猎的戎装，看得出王是爱打猎的。隐约间，还可以闻到香草灸烧的味道。呀，这是有施特有的香草，夏宫怎会有？

"哈哈……"王的笑声由远及近了。

"妹喜，这是本王为你精心准备的。从此往后，你便是本王的女人。"王说着吹灭了烛光。

几个月后，新的寝宫竟造好了，呼作倾宫，王说为了我，他宁愿倾国倾城，也不要什么江山了。王欢喜地搂着我，这倾宫比王的宫殿要大多了，床榻竟是汉白玉制的，偌大的寝宫到处被丝绸装饰着。这不知要耗费多少人力物力呀。王突然像孩子般凑到我耳边低语，痒痒的热气吹进耳中。

"妹喜，本王另外正在赶筑瑶台，瑶台外还有离宫呢？待建好时，我们一同逍遥快活吧。"我抬头仔细看了看眼前这男人，同样是温柔的眼神，同哥哥是那么像，只想爱着我，护着我，不许那些大臣骂我是妖姬。可惜，他是夏的王。

我好似对王有些许的爱了。我笑着问王："王，你会永远伴我吗？"

"当然，天上有太阳，正像本王有百姓，太阳不会亡，本王也不会亡。而本王只爱美人不爱江山，本王在，便不会叫你吃苦的。"

我有些感动，泪差些流下，突然我想到有施族人的血，我慌忙收回了笑和泪。

秋，瑶台造好了，离宫也快建好。我假推身体不适，信步迈上了瑶台，摸着那细腻的汉白玉，我竟有些痛心。这是在亡王的国呀，但这也是亡夏，这是哥哥的愿望呀。

"臣伊尹，拜见公主。"身后突然声音。

我急回首，是一个中年男子，弓着背，一脸的谦恭。

"你是谁？来此做何？"

"伊尹前来只希望公主您做内应，帮助我王商汤灭夏，有施长老，也是您的哥哥早已投靠商汤。这是您哥哥的竹笛，他说您会明白的。"

不错，那支笛，哥哥总爱在夜晚时吹响，忧愁时，欢乐时，我总坐在哥哥身旁静静地听，就像父亲吹笛一样。

"那么，你们要我做什么？"

"很简单，臣已在夏宫做内应。知道夏王对您言听计从，您只要夏王造酒池，撕丝绸，去耗费夏的国力便可以了。"

"但酒、丝绸都是成百上千奴隶方可制成，这样岂不害苦了他们？"

"难道您不想灭夏，为有施雪耻？"

"妹喜……妹喜……"是王的声音，伊尹快速藏进树林。

"妹喜，身体不适便在倾宫安心养着，何必到瑶台呢？风大，吹坏了身子可不好。"王走上前来，为我披上狐裘。

我心有些软，但伊尹在树丛中不断挤眉示意，我一横心，道："王，妾身有一怪癖，爱听丝帛撕裂之声，您能让妾再听听吗？"

"好，好，妹喜说什么本王都答应。"王爽朗地笑道，"来人，拿十匹布来，撕来给我的喜儿听。"

秋风呼呼地吹，华贵的丝帛被撕开在风中颤动，王把我抱在怀中，端详着我的面庞。

"怎么，不好听？"

"哈哈，"我大笑着，"真是天籁呀！"

"快些撕！"王又命令道。

我突兀地感到揪心，王如此爱我，如哥哥般让我任性，我却在亡他的国。但一想到有施族人的血，哥哥的泪，我的心一铁。

"王，我想到一个新奇的主意。您爱饮酒，何不造一酒池，让三千最能饮酒的人一道比赛，在酒池中痛饮，游泳，划船，岂不有趣？"

"好，过几日本王便带你去建好的酒池。还有啊，本王以后都不去上朝了，会来好好陪你。本王还有一首曲子送给你呢，到时酒池造好，本王为你唱。"说着他用手指勾了一下我的鼻子，将我的手紧紧攥住。

来年春，离宫与酒池是一并赶建好的，当王护着我来到酒池，已有许多人歪倒在酒池边，有些人似乎已醉死过去。我的脸不觉阴沉下来，忽地一瞥，看见伊尹冲我使眼色。我哈哈笑着去逗王开心。

"有施妹喜，眉目清兮，妆霓彩衣，袅娜飞矣，晶莹丽露，人之怜兮。"王清声唱道。我不觉脸红，恍惚间，我觉得王可以托付，可惜，他是夏的王。

两年匆匆，商果然进攻夏了。王仓促组织奴隶们去应战。奴隶们临阵倒戈，夏亡了，王死了。

再见伊尹，他位居相位，诡异地笑道："妹喜，您的功劳，商王是不会忘记的。忘了告诉你，初次见你时，有施氏早已被商所灭，你哥哥在战中牺牲了。而你，早已是九州共知的妖姬，哈哈……哈……"

葛然，周围陷入了黑寂，哥哥死了，王死了。我枉然向河的中央走去，冬日的水冰冷彻骨再无人问候我的冷暖。

原来，我只是一枚棋子罢了。

作者简介
FEIYANG

胡子赫，浙江省乐清市乐清中学丹霞文学社社员、社长候选人。(获第十四届新概念作文大赛一等奖)

第3章

星星不睡

虽然在上海要看到星星比较困难,但是你要知道星星一直都在,不管白天晚上

种子  ◎文/胡正隆

一

啪。

林科宇把手里的数学书摔在桌子上，发出不满的声音。他伸手在包里掏了掏，拿出了一个 MP3 以及一团乱糟糟的白色耳机。不耐烦地理了理耳机线，然后塞进耳朵里，揿下开关。

林科宇的耳机里究竟播放的是什么歌？你我都不知道。

那就更听不到他心里的那一句咒骂。

二

课间的教室里是很吵没错，可是也不能这么没谱吧。连耳机都已经调到最大声了，还是能听到后排传来的毫无遮掩的打闹声。

"你他妈的天生就是矮子。"一个嚣张的声音吵到了林科宇。

"难道你不觉得下面的空气太浑浊了么？"一个更加嘈杂的声音穿过音乐挤进了林科宇的耳朵里。

林科宇烦了，眉头拧成一个疙瘩。下意识地，他回

头撇了一眼。又是李耀伟他们在嘲弄周彦峰。这又不是一两天的事情，原因林科宇不清楚，他也懒得问。

　　每个班级总有那么几个人势头强硬，学习不太好，又喜欢没事找事。现在学校管理得那么严，不能旷课不能迟到不能早退还不能上课睡觉聊天看漫画，他们总要找些什么事情来打发打发时间吧。

　　而每个班也恰恰总有那么几个人，看上去普普通通毫不起眼，甚至有时候任课老师教了一学期的课程，仍旧不知道他们叫什么名字。他们唯唯诺诺，畏畏缩缩。好像顺其自然一般，就会被当作软柿子，让别人寻开心。

　　很明显。李耀伟他们是前者，周彦峰就是那个软柿子之一。

　　林科宇看着他们笑得前俯后仰的样子，以及周彦峰那张寡妇般幽怨的脸。不屑地从鼻子里发出一声，哼。然后毫无眷恋地回过头来。

　　他不属于李耀伟他们，也不属于周彦峰。李耀伟他们这样的人固然是没什么好说的，欺负弱小的同学对于他们来说简直就是家常便饭。可是周彦峰也实在是让人可气。一个男人，被别人围在中间指指戳戳。要么就低着头假装无所谓、不在乎，要么就露出一张怨妇一般让人看了就讨厌的脸。

　　他是个男人么？林科宇鄙夷地想。

　　或许被人欺负，对于周彦峰来说，也是家常便饭了吧。想到这里，林科宇无奈地摇了摇头，鼻子里又发出一声，哼。对于之前的不屑，这一次力道好像又足了一些。

　　"你还活着干什么啊，死了算了！"

　　嘈杂的骂声依旧源源不断地从身后传来。悬浮的灰尘像嗑了药似的在空气中张牙舞爪。林科宇撇了撇手里的 MP3，最终放弃了抵抗，麻木地摘下耳机，走出了教室。

三

"你这个身高就是三等残废！"李耀伟羞辱周彦峰的时候，还用手指戳了戳周彦峰的太阳穴，周彦峰的脑袋被戳得顺势点了点头，没有发出任何声音。

周彦峰是一个普通的学生，没有什么不良嗜好，黑黑的瘦瘦的，学习一般，长相一般，家境也一般，似乎唯一与别人不一样的就是身高了。

身高164cm对于一个女生来说，其实正好啦，而对于一个十七岁的高一男生来说，实在是让人觉得，额，有些尴尬。

不是不想长高，也不是没有努力。周彦峰每天都会喝一杯牛奶外加两个水煮鸡蛋，然后在放学的时候，晚走一会儿，待学校同学都走得差不多了。周彦峰才会跑到操场上打会儿篮球。

可是每天看着牛奶一点一点地减少，也不见身高有什么变化。周彦峰有时候会甩脸色给自己的父母看，幼稚地把在外面受到的窝囊气全部发泄到他们身上。好像在埋怨他们当初为什么不把自己生得高一些。

可是毕竟是自己的孩子，周彦峰的父母每天早晨还是早早地把鸡蛋煮好，然后轻轻地唤醒睡梦中的他。

每次李耀伟他们欺负自己的时候，周彦峰不是不想反抗。只是他的反抗也仅仅处于咬咬牙齿以及对他们翻一个白眼而已。凡是触及到身高的问题，周彦峰便有些心虚起来，他的确是矮，又能反驳什么呢。

用拳头教训教训他们？别说李耀伟他们一伙有四五个人了，就算是和李耀伟单挑，光凭他近一米八的个头对付自己也是绰绰有余了。

"你还活着干什么啊，死了算了！"虽然周彦峰是背对着李耀伟的，但他知道李耀伟骂的还是自己，不是"他骂的是自己"，而是"他骂的还是自己。"

他们怎么不去欺负别人呢，为什么单单欺负我？周彦峰愤愤地想。身高和我差不多的男生又不是没有，他们怎么不去欺负其他人？

对，其他人。其他身高和周彦峰差不多的人。

周彦峰抬头看了看林科宇，他摘下了耳机，装进口袋，走出了教室，好像什么都不知道，什么都没有发生。周彦峰暗自高兴，嘴角甚至微微上扬了一些弧度。自从上个礼拜知道了林科宇的秘密之后，周彦峰的脸上就会常常不经意间，悄悄溢出幸灾乐祸的喜悦。

四

那是上个礼拜五晚上的七点一刻。

周彦峰打完篮球之后，累得半死，又搞了一身臭汗，回家的路上突然决定去学校附近的公共浴室洗澡。麻利地脱光衣服之后，周彦峰就迫不及待地像只饺子一般"扑通"一声砸进水里，激起一阵不小的水花。

"哎，你慢点儿，水都溅到我脸上了。"一个有些耳熟的声音从身后传来。

周彦峰转过头去，看着被热气所笼罩的模糊不清的脸，顿了顿，迟疑地问：

"林科宇？"

"嗯。"那个声音回答着。

"哎，对不起啦，你怎么也在这儿？"周彦峰抱歉地问。

"嗯，我们家就在这附近，家里热水器坏了，就来这里洗了。"

"哦，这样啊。"周彦峰迅速结束了与林科宇的谈话，他和林科宇本来就不熟，又不太想去套近乎，装作很熟的样子和他聊东扯西，让人觉得自己很下贱。周彦峰的视线被缭绕的热气所缠绕，仿佛有些失真般的扭曲，他与林科宇的距离，好像是两个被隔了很远的世界。

不知过了多久，林科宇突然沉到水里，过了好一会儿，才冒出湿淋淋的脑袋来。他甩了甩头发，对周彦峰说：

"我要去冲淋浴，一起么？"

周彦峰受到了邀请，心里微微泛出一些快意，想都没想就答应了。两人站在相邻的两个蓬头下面，拧开闸门，温热的水迫不及待地洒落下来。

周彦峰忽然想起自己没有带洗发水，便转过脸来问林科宇借，接过洗发水的时候，周彦峰忽然觉得有些不对，平时体育课按照身高站队的时候，周彦峰记得林科宇排在自己的后面，隔着好几个人的距离。而现在，怎么觉得林科宇和自己差不多高？

周彦峰挤了一些洗发水在手心里，然后合上盖子，递还给林科宇。"谢谢你啊。"

"不用。"林科宇接过洗发水，继续往身上擦肥皂。

"你……"周彦峰迟疑了半天，似乎下了很大的决心，他问，"你一直就这么高？"

林科宇手一抖，肥皂顺势滑掉了，滚到了墙角，林科宇像抓鱼一样把肥皂捉回来，而他光着身子的样子本身就像一条光滑的鱼。他把肥皂拿到蓬头下面冲洗，一言不发。

周彦峰知道自己说错了话，低着头，冲洗着头发上的泡沫，一直到冲洗干净了，也不好意抬起头来。气氛尴尬得好像不知谁吞掉了一只癞蛤蟆。

"我平时会穿增高鞋垫。"

林科宇率先打破了僵局，周彦峰听到癞蛤蟆从自己嘴巴里跳出去的声音。

"穿这个又没什么，你说呢。"林科宇把瘦了一圈的肥皂装进塑料盒里，补充道。

"是哦，可是李耀伟他们每次都觉得我矮，然后欺负我。"周彦峰抱怨起来。

"谁叫你让他们就这么猖狂，也不反抗一下。"

"他们人很多好不好。"

"这不是人多不多的问题，重点是你根本没有反抗过。"

"也没有啦。"周彦峰心虚地说得很小声。

"如果换做是我……"林科宇酝酿了一下。

"如果换做是你怎么样？"周彦峰像触电般来了兴致。转过脸来好奇地问。

"如果换做是我，"林科宇关掉淋浴的闸门，甩了甩头，笃定地说，"哼，至少会让他们觉得我不是好欺负的。"

五

自从那一次在浴室的相遇之后，林科宇和周彦峰的关系似乎微妙了起来。

不能说有了什么交情，只能勉强说是有了一些交集。渐渐的，他们可以一起在体育课休息的时候，去学校的小卖部买罐可口可乐解渴。也可以放学留下一起打会儿篮球。

可能是周彦峰经常打球的缘故，他的球技比林科宇要好一些，而林科宇又是一个不服输的人，他们总是一直较量到天黑得快要看不清篮框的时候，才停下来。

这天也是毫不例外地打到天黑才结束。林科宇和周彦峰拿着脱掉的外套去车棚，刚骑上车子，周彦峰就发现自己的车链掉了，像一条脏兮兮的蚯蚓一样拖在地上。

周彦峰把车子停靠在路边，开始修车，林科宇则站在旁边等。

可是调理了半天，周彦峰也没把车链按上去，反倒折腾得满手都是黑乎乎的机油。而一旁的林科宇已经不耐烦了。不知是谁用幕布罩住了天地，天越来越黑。

"让我来吧，你笨死算了。"林科宇从自行车上下来，对周彦峰说。

周彦峰憨憨地笑了笑，起身让了让位置。林科宇随即蹲下，捣鼓起来，周彦峰见他把错位的车链搭在齿轮上，然后扶着自行车向后倒退，车链与齿轮之间绷成一条直线，然后林科宇骑上自行车，用力一蹬。"咔嚓"，车链咬进齿轮里，脚踏板也随之欢快地转动起来。

"喏，修好了。"林科宇把自行车推给周彦峰。

周彦峰忙从口袋里掏出一包纸巾，抽出两张，递给他，"哎，谢谢你啊。看不出来你还有这一手，哎，擦擦手。"

"废话，你以为谁都像你这么笨！"林科宇挤兑他。

"好啦，谢谢你了。"周彦峰说道。

"朋友之间不需要说谢谢，快点走吧，再不走回家又要挨骂了。"林科宇脱口而出。

周彦峰愣了愣，随即应和着。"嗯。知道了。"

那天和林科宇分开之后，周彦峰不由得在想，既然林科宇已经对自己说出"朋友"两个字了，那么自己和林科宇是不是算是朋友了呢？

林科宇学习成绩挺好，白白净净的。平时看到他的时候，林科宇的耳朵里总是塞着耳机，面无表情，不知道他在听些什么。重点是虽然林科宇在班里从来不和李耀伟他们一起嘲弄自己，但是也不见他出来站在自己这边。

那么，到底算不算朋友呢，周彦峰挠了挠脑袋，讪讪地想，不敢肯定。

六

周彦峰不知道的是，那天晚上，城市的另一端的某个亮着灯的房间，林科宇躺在床上翻来覆去地也在为这个事情所头疼。

对于"朋友"二字，林科宇是从不轻易地说出口的，他觉得男孩间所谓的朋友，不用太多，也不用天天在一起，更不用酒肉来交换，以前是"酒逢知己千杯少"，现在是"酒逢千杯知己少"。所以，在饭局上认识的那些闲杂人等，林科宇也只是打个照面而已，没有深交。林科宇觉得，在关键的时候，能站出来拉自己一把的才算是真正的朋友。除此之外，还有很重要的一点就是志同道合。

但是，周彦峰对于林科宇来说，显然不是，周彦峰太软弱，无论自己和他说多少遍"做男人要有骨气""你要让他们知道你的厉害"，周彦峰依旧像堆软趴趴的烂泥巴一样，谁都能来踩两脚，然后还很厌恶地反过来唾弃一番。

这样的人怎么能是自己的朋友？这简直就是个笑话！

而晚上在车棚的那句"朋友之间不需要说谢谢"，纯属自己对周彦峰的啰嗦所表示的抗议。

对，一定是这样。林科宇肯定了一下自己的结论，翻过身来，"啪"地一声关上了灯。

瞬间，黑暗吞噬了所有的光芒。

七

"哎，我一直很好奇，你听的都是什么歌哦。"

放学后，周彦峰和林科宇百无聊赖地推着车子闲逛，昨晚下了一场阵雨，将球场淋湿，随处可见一滩滩如同镜面般明亮的积水，偶尔有几片叶子像蝴蝶一般落在水面上，再也没有离开。空气因此充斥着清爽的气息，可是周彦峰和林科宇才不会在乎这些，此时此刻他们只觉得没有比不能打篮球更糟糕的事情了。

"你自己听啦。"林科宇摘下一只耳机，递给周彦峰，周彦峰接过来塞进自己的耳朵里，听了一会。诧异地问。"欸？这是……海的声音？"

"嗯，其实你仔细听，还可以听到海鸥的叫声。"

"欸，真的哎，你从哪里搞到的这个，网上下载的么？"周彦峰问。

"不是，是朋友录给我的。"

"先借我听会儿吧。"周彦峰眨了眨漆黑的眼睛，看着林科宇。

林科宇犹豫了一下，掏出 MP3 递给他。周彦峰笑得很傻，像个孩子一般。

两人一路沉默着，不知不觉就走到了一个十字路口，红绿灯发出红色的光芒，两人不由自主地停下脚步。林科宇转过头来，看着周彦峰听歌的样子，好像大海一般平静。不由得猜想，周彦峰听海的声音的时候，是不是也像自己一样，内心好像得到了慰籍。

"你说……"周彦峰突然说话，吓了林科宇一跳，"我要是穿了内增高，李耀伟他们还会欺负我么。"

"要我说，你穿内增高改变不了什么，即便你改变了身高，他们还是会欺负你。"林科宇一脸的认真。

"凭什么啊！"

"凭什么？就凭你天天扭扭捏捏的样子，让他们就是觉得你好欺负。"

"他们也没那么坏吧？"周彦峰摇了摇嘴唇，显然不愿意承认林科宇说的这个事实，"我都习惯了。"

"靠，这种事你也能习惯？你也太那个啥了吧！"林科宇本来想说"你也太下贱了吧"，但是碍于面子，就没说出口，随即又说。"哎，坦白说，我到现在都不知道李耀伟为什么欺负你，我觉得应该不仅仅是你身高的问题，你是不是得罪他们了。"

"这么说来，好像是之前。"周彦峰好像想到了什么。

"之前？"

"唔，之前有一次下课，我去隔壁班借了本杂志，在走廊上边走边看，然后没看到李耀伟，就撞到他怀里了。那天他好像刚被班主任在办公室训过，心情不好，就特生气，拿我身高说事，后来就天天这么欺负我。"

"就因为这？"林科宇觉得不可思议。

"嗯，"周彦峰肯定地说。"身高又不是我能决定的，我也没有办法。"

林科宇盯着他，什么也没有说。心里一点一滴地溢出一种叫做厌恶的情绪。

红灯转变为绿色，两人将要分别，周彦峰要往左，林科宇要往右。在临别前，周彦峰叫住林科宇，用铿锵有力的口吻对他说：

"我们是朋友吧，你会帮我的吧。"

"怎么帮？"林科宇忍住不满的情绪，问。

"就是，就是帮我啊。"

八

周彦峰真的觉得林科宇是个不错的朋友，虽然他不会在自己受欺负的时候挺身而出，也不会做一些让自己感动的事，在一起的时候，林科宇多半也是用一种嫌弃的口吻对自己评头论足。但是周彦峰知道林科宇没有恶意，也知道自己的确是有些没用。所以他完全明白林科宇恨铁不成钢的鄙视，以及那一句"帮你可以，不过你再这么下去，别怪李耀伟他们变本加厉，到时候别说我没提醒过你"。

而周彦峰没有想到的是，这个变本加厉这么快就来了。

　　事情发生在半个月后的一节体育课上，跑完八百米之后，周彦峰早已口干舌燥了，林科宇恰巧被老师安排去器材室搬铅球。周彦峰便悻悻地一个人跑到小卖部去买罐装的可口可乐，顺便还自作主张地给林科宇捎上了一罐。

　　在回到操场的时候，周彦峰隐隐觉得有些什么不对劲，几个男生女生对着自己窃笑，周彦峰看了看自己身上的衣服，没有什么不对。可是瞬间他就明白了，转身看去，他挂在单杠上的外套不见了。周彦峰跑到单杠那里找了找，又在花坛边寻了寻。都没有看到外套的踪影。他急得额间甚至都冒出了一颗颗细小的汗珠。

　　突然他抬起头，看到红色的外套孤零零地挂在篮球筐上。不远处的同学哧哧地笑着，好像在期待着自己怎么出丑。

　　耻辱好像这刺眼的阳光，劈头盖脸地朝他打来。周彦峰一动不动，他不知所措，他寸步难行。

　　这时，周彦峰看到林科宇走了过来，他假装镇定地走过去，颤抖的手慢慢捏成拳头，在林科宇的面前停下，用恳求的口吻对他说："林科宇，我的衣服被挂在上面了，你能帮我弄下来么。"

　　林科宇怔了怔，看着眼前的周彦峰，然后将视线移到李耀伟他们的脸上，又转至远处的篮球架上，最后仿佛结束一段旅行般回到起点，定格在周彦峰泛着光的眼睛里。

　　周彦峰眼睛里好像要涌出水来，他不敢眨眼睛，不知道是怕泪水不争气地流下来，还是怕错过林科宇的一举一动，他慢慢地深深地吸了口气，又颤颤巍巍地问了一遍。

　　"可以么？"周彦峰听见自己的声音好像在哭。

　　不知过了多久，林科宇终于动了动嘴唇。

　　"哼，关我什么事啊。"林科宇不耐烦地说。

九

睡觉的时候，林科宇脱掉鞋子，用下巴抵着膝盖揉了揉酸痛的脚，即使再怎么熟练地垫着内增高走路，穿着内增高跑八百米终究不是一件容易的事情吧。

就好像即使以为自己很了解自己，却也搞不懂为什么下午会对周彦峰说出那样的话。

更不知为何说得如此斩钉截铁。

他只记得——

李耀伟等人的嘲笑声像潮水般从身后向周彦峰拍打过来，周彦峰将身子向前微微倾了过去，只用对方听得到的音量对林科宇说。

"你会后悔的。"

林科宇听到泪水打在自己肩膀上的声音。

周彦峰转身走到篮球架下面，用尽全身力气将手里本该要给林科宇的罐装可口可乐朝自己的衣服上砸去。可乐砸在篮球筐上面，发出轰雷般沉重的响声，伴随着"隆隆"地撞击声，红色的外套像片落叶般落了下来。

那罐可乐坠落在操场上，砰的一声摔炸了，可乐像从尸体里流出的血液也一般肆意横流。而周彦峰拾起衣服，拍打了几下灰尘便走了，再也没有回头。

林科宇转过脸来，看着肩膀上的泪水留下的痕迹，在午后阳光的照耀下，一点一点地缩小，淡化，直至消失。

就像——就像从来没有存在过一般。

十

第二天下课的时候，教室里依旧那么喧闹，林科宇习惯性地掏出

MP3，这时，一个黑影渐渐覆盖了书桌，林科宇还没来得及抬头，便突兀地听到李耀伟意味深长的声音：

"喂！听说，你穿了内增高？"

作者简介
FEIYANG

　　胡正隆，朋友善称小隆，善变。善交友。近视。小眼睛，单眼皮，牙齿整齐。钟爱柠檬。迷恋手指在书页上滑动的触感。(获第十一届新概念作文大赛二等奖，第十四届新概念作文大赛一等奖)

天上的阳光 ◎文/王天宁

　　从长途汽车上下来，沿着黄昏的街道走了许久。我脑海里一直存留着一帧残片，它框住了黄昏时的一方景物，因此透着昏黄色。

　　暮色四合，余辉像水波一样在地面上晃荡。走得越急喉咙里的喘息声越重，我的脑海里残存的那帧画面逐渐分崩离析。我眼前所见的景物根本无法与记忆中的重合，在我离开的这五年时间中，新集镇的确发生了翻天覆地的变化。以往我拿到母亲的信，镇里的变化是她下笔首先提到的内容，她用那手稚嫩的字尽可能生动形象地描绘像枝杈一样纵横交错的羊肠小道怎样被拓宽、被铺上沥青、被命以大气的名字，然后开始通重型载重车；她又描述了镇中心的菜市场怎样被拆毁、填平，随后崭新的人民公园拔地而起；她最终描绘了新家是多么敞亮，"好似把光都盛进去了，"母亲在信里写，"瓷瓦地板像镜子一样，明晃晃地晃眼。"

　　母亲把心思和笔墨都花在"家"上，在信的末尾，她才半是埋怨半是命令地写："我把床都给你们铺好了，把被褥也给你们洗净了，菜都切好了就放在砧板上，你们一回来就下锅炒。可你们怎么就是不回来啊？"

　　我看完信把它扔给你，你捏着信纸的一角，眉头蹩着，你在纸上写了几个字给我："你想回新集吗？"

"不，我不想。"我刷刷刷几笔写好，递给你。

你把信叠起来，用手抚摸着我的头，嘴唇开闭几次，我断定你说的那三个字是："好儿子。"

可如今我回来了。我站在新集镇陌生的街道上，行人在我身边走，车辆在我身边走，阳光也在我身边走。那是一种毛茸茸的热量，我呼吸着新集镇被污染的空气，全身的毛孔逐个张开，无数双细小的手在里面挠啊挠，我简直要咧开嘴笑了。

走到新集粮食局，我的一双脚就不是我的了。你一定想象不出，当年摇摇欲坠的三层木板楼，如今被翻修成什么模样，阳光从那边的玻璃墙照进来再从这边的玻璃墙传出去。我仰起脸看了它很久，看到脖子都酸了，办公楼里进进出出都是人。我认出了姚阿姨、张小叔，还有一些我叫不出名字的你曾经的同事。我记得小时候张小叔抱过我，让我骑在他的脖子上给我买糖人吃。

但他显然已经不认识我了，和我打照面然后夹着公文包面无表情地走进办公楼。我想五年的时间跨度究竟能让人改变多少，我长大了，相应的，张小叔变老了，其实你也老了，我们每天都在一起所以并没觉得彼此有什么变化，可对比五年前我们全家人在老房子屋檐下拍的照片，一眼就能看出有什么不一样了。

无所谓，我还年轻，我还有很多很多个五年。可是你呢？

只能发短信的手机是你给我买的，我走了就把它留给你，你为了便宜些买到它和小贩争执了一个下午。你不曾抱怨过你做推销生意却从来没有一部手机用，可你每次为了找公用电话只能像无头苍蝇一样在大街上乱闯。我不知道因为没有手机、客户联系你不方便而使你丢掉了多少单生意。我站在那座大玻璃楼前仰望了很久，恍然想到：如果你在五年前安于现状，在粮食局一路工作下来，到今日情景会发生怎样的转机呢？

我手里只剩一块二毛钱，翻新后被冠以新名字的街道我一条不认识，手边又没有一部手机来发短信。我不知道怎么联系上母亲，任凭脚步带动自己的身体。你也知道，我看重自己这点自尊，哪可能随便拦住一个行人依依呀呀比划我要去的那条弄堂。

　　最终我被街旁的行道树拦住了去路，它投下婆娑的影子盖住我的身子，盖住我的行李，故乡的气息扑面而来。拆迁后被沙土覆盖、堆在地上的废墟和泉水池子旁石缝里冒尖的野花同样美丽。太阳快沉下去了，街上的灯很亮，从街头的副食店一路亮到街尾的小吃店。

　　我一路走下来，夕阳的光在小吃店的木牌子上露了点尖儿。老板模样的女人倒坐在椅子上，对着脏兮兮的玻璃门发呆。她的目光顺着我踏进去的脚步移到我的脸上，神情一下子变得生动起来。

　　她的嘴唇开闭了几番，唾沫星乱飞。我把行李靠椅子腿放下，她把手一挥，两个服务员撩开几缕油腻的布帘子从后面走出来，端茶倒水，把菜谱平铺到桌面上。我摸着兜里的一块二毛钱，心里空空的没有重量感。

　　我扫了几眼菜单，瞅准标价一块的烧饼。我指指菜单上的图案，竖起一根指头。那个女服务员刷刷刷几笔记下来，神情同她的老板一样，万分期待地盯着我。

　　"只要这个。"我把口型张成发出这四个字的形状，气息擦过牙齿和嘴唇，我不确定是不是说清楚了。三个人的目光猛然暗下来。那个服务员带着不甘心的神情，对我说了几句什么。"只要这个。"我坚持着把这四个字重新说了一遍。

　　两个服务员扭头离开了。其中有一个甚至把倒好的茶水端走了。过了一会儿烧饼端上桌，我就着随身带的白开水把烧饼送进肚子里。

　　女老板神色冷淡地倒坐回椅子上，万分期待地朝门口看着。可她看了一会忽然转向我，目不转睛地盯着我的侧面，盯着我手里啃得一点也不美观的半拉烧饼，盯得我浑身不自在。她忽然走到我旁边，手里捏着算账用的草稿纸。

　　"你是狄家的儿子吗？"纸上的字既潦草又幼稚。

"我叫狄山。"我吐出这四个字的音,烧饼的碎屑含混在气息里面。

女老板睁大眼睛,她的眼皮激烈地眨了几下。她抓起笔在纸上写:"见到你妈了吗?"

"我不认路。"我再次含混不清地笑,同时在脑海里努力搜寻关于这个女人的记忆。

她跑去柜台,抓起电话说了几句什么,随后折身回来,在纸上写:"你妈马上就来了。"她抓起我的手往外走,我咽下最后一口烧饼,从兜里翻出一块钱的钢镚递给她。女老板一愣,抓过来塞回我的衣兜里。

你知道吗,我想过在各种各样的情况下和她相见。甚至从长途汽车上下来时,我还在想要不要给她买束康乃馨,以弥补她的生活中缺少我陪伴的,五个母亲节。

可我没想到在这儿,在这样狼狈的处境下见母亲第一面。我像被女老板找回的迷路儿童一样站在原地,油乎乎的刘海耷拉下来盖住眉毛。

她来了。她老了,显得比你老。她站在路灯下,彷佛难以置信地看着我,拼命摇了摇头。对,就像电视里演得那样,柔和的光照在她身上。

我在愣神,我想怎么只有短短五年,她的头发也白了,眼袋像被水充起来一样,干脆利落地显出形状来?直到女老板在背后推了我一把,我回过神来,她用她这个年龄本不再拥有的速度冲过来,一把抱住我,鼻翼抽搐着,泪水蹭到我的脸上。

出于惯性,我松开手里的行李,轻轻敲打她的背。

不知她紧紧抱着我过去了多长时间,我被过路的行人看得不好意思了。女老板懂我的心思一般,宽厚地拍拍她的肩,她松开我,擦净脸上的泪,冲女老板微微笑了一下,拉住我的手往巷子更深处走。

我比她高了半个头,像个小孩子一样被她拉着手。我回头望去,女老板转身走回自己的店里。

我们往巷子的深处再深处走去，街灯明显暗了，母亲拉着我手，身体摇摇晃晃。我们进了一条弄堂，羊肠一般曲折。她提醒我躲避地上的水洼和垃圾，夜晚还有苍蝇，我们的脚步惊动它们在垃圾堆上腾空而起。我疑心是苍蝇翅膀带动的风，黑黑的一团擦着我的头顶飞过去，带过来一阵恶臭。

这条弄堂几乎与从前那条弄堂的模样无差，事实上，新集镇的弄堂几乎都被建设成了一个模子。从未被拆除的弄堂中，可以瞧见所有新集镇的弄堂的端倪。我的思想追随母亲的脚步，弯弯绕绕，划过我的童年，我的小学，一直到我初中的尾巴。你说过，我生下来时是粉红的一团，走路还不稳当便闹着在弄堂里跑。那时弄堂干净得好似一幅崭新的画，砖缝间的青苔一小簇一小簇地垛在那里。地砖都是方方正正的，泥土铺在上面，一层灰一层绿。那时候不知在弄堂的什么地方还生活着蛐蛐蚂蚱，从夏天叫到秋天，"嘤嘤"的叫声跨越两个季节，连绵不断。

那时候的新集镇天蓝得像一滴在水中晕开的颜料，云朵满天都是，是胖乎乎的白色的拳头。五年后我回来，这里完全不是我记忆中的模样。街道翻新时冲天的灰尘几乎将天空铺满，星星的光格外微弱，就算它们与路灯叠在一起，也根本无法叫我看清脚下的路，母亲完全操纵着我的脚步。

我猜她也是凭借记忆回家的吧。白天的记忆。

我终于看到了我们的家，它比许多年前我们住的那件小房子不知好了多少倍，我和你租来的那间出租屋压根没法和它比。你在纸上对我写过，你把这五年做生意挣的钱都投进了这所房子里，它理应好。可事实上，它并没有母亲在信中描述得那般好得令人咋舌。它很宽敞，但它的窗户不与它的面积匹配，我想即使在大晴天，它也不会透亮得好似把光都装进去。它的地板砖也不像母亲在信中描绘的那样像镜子一样光滑。你知道，女人都爱夸张，母亲也不例外。

可母亲确实把家收拾得井井有条，你我的被褥妥帖地叠放在床上，母亲把炒好的饭菜用罩篱罩着，我回来了，它们便找到了归属。同我一样，它们等待这一天也等了五年了。

这一次，母亲没有用纸与我交流。她叫我看她的口型，"你终于回家了。"

我清楚看到，说"家"这个字的时候，她把上下嘴唇夸张地翻开，露出里面不算白的牙齿。说这个字的时候，她把嘴张得大极了。

有些事我羞于对你提及，提起我会面红耳赤。例如我们刚租了那间房的时候，我喜欢上了对门的那个女孩。其实她不算女孩了，叫小女人正合适。但我没有与她认识的欲望，当然她也不知道我听不见东西，而这正是我所期望的。例如刚进入青春期，一次做梦后的表现叫我惊慌失措。但我在睡醒后默默洗干净被弄脏的内裤，这我也没有对你说起过。

作为父子，我知道我们缺乏必要的沟通。即使用纸，即使必须用笔来写。

现在呢，现在唯一叫我感到羞怯的事情就是做梦了。你说过，我从生下来的那一刻就听不见声音，可是为什么，当我做梦的时候会有各种各样的声音充盈我的耳廓？各种各样，可我又描绘不出它们的特征。它们使我即便在梦里也感觉有些吵闹。你说多么奇怪，会不会当我住在母亲肚子里的时候，我能够听见声音呢？我感觉，对于我这样的人来说，做一场有声音的梦，真的是一件耻辱的事情。

这一次，它出现在我自己的家、自己的床上睡的第一个晚上。

在我梦里出现了你还有母亲，你们都是年轻时候的样子，我看不见我自己，大约也是模样小小，皱巴巴的脸仿若没长开。梦中新集镇是以前的新集镇，你刚刚脱离粮食局叫你压抑的工作。你与母亲商议要去大城市打拼，并且要带我去，因为那里有更好的医疗条件和更高的教育水平。

"能行得通吗？"母亲不无担忧地一再问你。

"一定可以，相信我。"你对母亲说，其实看你的口型，我隐约猜出你的意图，但为证明我的猜测，我写了一张纸条给你。

"我们马上就要离开新集镇了！"当时你是这样回复我。

我在梦里也和五年前一样一心盼望开始崭新生活。我在梦里逃避现实，使我忘记新生活并没有如你的料想那般发展。

次日我醒来，阳光透过面积不大的窗户，暖融融地包裹着我。母亲果真言过其实了。屋子里依旧剩下边边角角没有被照亮，倒是我的床，它被搁置在阳光的最中央，好似变成一个发光体。

我闻到了母亲在厨房里炒菜的油烟味，像你常吸的那种劣质烟。我窝在床上手脚并用滑动着，像一叶舟落在海里。

我与母亲的二人生活有多平静你是知道的。她几乎不看电视，也不怎么听收音机，我也不知她是不是为了照顾我的心情，家里从早到晚几乎没有声音。

我感觉母亲好像一直在做饭，早饭刚吃完就淘午饭吃的米，下午日头还很高，她就开始择菜，为晚饭做准备。

我们的交流局限于饭和饭之间的那段时间，用笔写字，这对母亲来说并不易，我这才知道，母亲以前给我们的信是她拜托那个女老板的伙计代写的。吃饭时便只许吃饭，我们之间几乎没有交流，有几次她妄图打破平静，叫我读她的唇形，可我不知是不是我的理解能力退化了，死活看不懂她的意思。

试过几次，她就放弃了。距离餐桌很近的吊灯悬在我俩的头顶，我与母亲隔着饭桌，还有一片昏黄的光，这使我们几乎看不清对方的眼神。

这个时候，我就感觉家中缺少一个你。

我想给自己找些事情做，母亲也是这个意思。虽然没有合适的学校上，耳朵也没有好到可以和人交流的程度，但我不能像一个瘫软的灵魂一样每天无事可做地待在家里，衣来伸手饭来张口，好似时光统统倒流回去，我的皮呀肉呀缩成一团，我再次成为一个婴孩。我不能无用到那个程度。

可你是知道的，对我这样的人来说，找一件活计去做，去打发时间，是多么困难的事情。一开始母亲要我帮她收拾房间。几十平米的屋子，她每天坚持打扫，还需要我这一个帮手，实在是多余了。我帮过她几次，不消一会儿就打扫干净，连阳光晒不到的边边角角都没有放过。不久我就对这项工作感到厌烦，母亲似乎觉察到我的情绪。我不能说话，又听不见声音，当我趴地上拢她梳理时掉落的头发，当我用刷子一点点侍弄干净马桶上的污垢的时候，我无法控制我的两条眉毛不皱在一起。

我作为母亲免费的小工，不久就被她自然而然地"辞退"了。我的第二份工作是当服务生，你大概也能猜到了，这一次我是给那个好心的女老板当差。"李姨"，母亲在纸上写下这两个字，叫我这样称呼她。我不知从我的口腔里艰难地发出的两个字的读音是否正确，我叫，她便应，两眼笑在一起。我想她的错觉和在我小时候你和母亲的差不多，她不知道我只是隐约能读出那俩字的音。说话，那对我来说依然是不可能的事情。

对了，母亲告诉我她当年与你的工作是相同的，你们是在粮食局的同事。她脱离那儿的理由也是严肃呆板的日子叫她受不住。她与你不同的是，你远远地、像躲瘟疫一样离开我们从小生活的镇子，而她一直留在这里。

李姨是好人。我不知母亲对她说了什么她居然同意我在她的店子里干活。母亲说她只想叫我的生活不这么单调，可李姨执意要给我工资。我每个月的工资和另外两个小工同样，干得好还有奖金。

可问题又摆在眼前，我听不见声响，与客人无法交流。老顾客给女老板面子，点菜时在纸上写，再由我送到后厨。也有的没那个写字的耐性，当我递上纸笔，他们明白我的意图后，便吆喝着换别的服务生。

我是有自知之明的。我也是极其看重自己的尊严的。我真怕我一不小心搅黄了好心的李姨的生意，在她还没有任何表示之前，我主动要求离开。

我要离开，她起劲地挽留，直到最终把母亲也叫来。母亲并不了解我在李姨这里工作的情况，她也劝我留下来，纸片上伙计代替她俩写的字，密密麻麻满满当当。母亲毕竟是最了解我脾性的人，我得承认，她比你更加了解。我走了五年，她摸着五年前的记忆，似乎明白我执意离开的意图，对她而言，醍醐灌顶。

我走，母亲帮我劝李姨。她终于同意，最终在柜台里掏出几百块钱给我，说是工资。我粗略一数，一个月的工资也有了，而我只在她那里工作了一个星期，并且由于顾客的不满，我并没有完成多少实质性的活计。

这次我没有试图把它们还回去，我明白争执是毫无意义的。我把它们揣进兜里，与母亲挥手向他们告别。李姨与俩伙计站在门口，像欢送什么外宾一样对我们郑重其事地挥舞着手。饭馆的门帘被风吹地翻上翻下，像巨兽的一张口，我进去又出来，最终回到一开始的生活中。

我的第二份工作是这样走到尽头的。

注定，"闲"这个字在我的生命中沾一点边都不成，更何况是被它充满。

我继续百无聊赖地给母亲当了一阵子帮工，期间我得空就在镇子上晃悠，看满电线杆的招聘广告，不是要求这个就是要求那个，我的硬伤还摆在我的嘴上，这些工作没有一个适合我。这样一成不变的日子，我不知道还要继续多久。

我们以前在镇上住的那个地界，现在成为我最常去的地方。你一定想不到，那一片在新集镇边缘的平房，仿佛干枯并且摇摇欲坠的花骨朵一样的地方，是怎样被推平、被深挖，一大片深不见底的人工湖从天而降，再配以花草，配以亭台楼阁，它现在是一座公园，幽寂、并且引人遐想。

我在湖边一坐就是大半天，从早晨开始，太阳刚从云缝里露出光，一直到中午，阳光把我的眼睛晒得发烫，湖面像一面镜子，波光粼粼。

我常常感觉在这里坐久了我就能找回我自己。以前我读过一个作家的书，他说自己在"最狂妄的年纪断了腿"。他断腿之前的日子似乎是风风光光的，灾难突如其来，叫他受不住。我与他不同，我的日子从我生下来几乎就是这个样子，狂妄不狂妄的，这似乎与我极端不合衬。他刚断腿的那段日子，乘上轮椅，也在家附近的公园逛游，他母亲怕他寻短见，远远地跟着。

我在这里一坐半晌，几乎见不到人影，只有鸟在树枝间扑腾翅膀往天上飞，叶子纷纷落在树的四周，圈成一个圆。

事情发生在晌午，那天太阳特别大。我思索再不回去吃饭，母亲就该来叫我了。那对学生打扮的男女生与我擦肩而过，看样子年龄与我相仿。我回过头看他们，俩人站在湖边，只是静静站着。我对这个年龄的男生女生特别敏感，我当然知道他们什么关系。

我的脚下踩着松软的松枝，走到尽头，再转弯，就能看到回家的弄堂。那恰好是最后一眼，我在拐弯之前看了那对男女学生最后一眼。你一定能猜到我当时看到什么，这段时间报纸上长篇累牍的报道，电视上滚动播出的新闻，加上自己的想象，你知道了八九分，甚至还不止。

没错，那情景当时叫我愣在原地，动弹不得。是女生先跳下去的，她跳进湖里却连一圈明显的涟漪都没有激起来，她的样子并没有挣扎，她只是把头露出水面，看着男生，也极有可能是看他后面，在看我。却只是一瞬间的事。她的头旋即沉下去，一圈圈波纹，荡到岸边，荡到男生脚下。水面上一丝她存在过的痕迹都没有留下。

男生背对我站立，因此我看不见他的表情。他的膝盖弯曲着，只停顿了一两秒钟，随即他的身影腾空而起，跃入水中。

我无法控制自己的身体，我无法控制自己的思想。在那一霎那我的大脑一片空白。我的喉咙不自觉地张开，尖叫，我听不见自己的声音，可我拼了命尖叫。我的喉咙火辣辣地生疼。

我跑到湖边，湖还是那片湖，它平静如常，湖面没有气泡，湖上没有水鸟，阳光安静地照着它。我肺里的呼吸几乎将我整个吞没。我通过湖面看见自己的脸，我的身子腾空而起，我清楚地看见自己跳起来的过程，像那个男生，像在树枝间挣扎着飞起来的鸟。我的身体带起来的风呼扇着我的耳朵。我甚至能通过湖面看见因为耳朵不适，我不由自主皱起来的眉毛。

我跳进湖里了。耳朵是最难受的，只能感觉到冰凉的湖水往耳廓里灌，像一块坚硬的什么东西捅着我的耳膜。其次是嘴，巨大的压力迫使我狠狠喝了几口湖水。好在我即时控制住呼吸。我强忍不适张开眼睛，身下黑洞洞的，我不知我的眼睛是否也被灌满了水，是否它还会流泪，就算流泪也立即和湖水融在了一起。

我该感谢你曾经教会我游泳。在我小的时候，每个夏天的傍晚你都带我去辛集镇的游泳池。当时你夸我"水性好"，写在纸上给我看，这使我一度对游泳兴致盎然。可我又想怪你，当初你干嘛不强化我的潜泳技能，当我真正使用它的时候，我才知道我是多么力不从心。

我的鼻子、我的耳朵、我的眼睛，都不适应这样巨大的压力，我陷入了进退维谷的状态。我心中怀着对死亡的巨大恐惧，往更黑暗的深处摸索。

我看不见那对男女生，无法判断他们是否依然活着。我抬头看见白岑岑的天光，湖水晃动着，叫天光晃成一团。强大的水压使我的脑袋也开始疼起来。仿佛我一伸手就能把那团天光抓住，我的身下依旧黑暗。黑暗像一滴在水中化开的墨汁，逐渐扩散到我的四周。

你也清楚，我不是贪生怕死的人。但是这一刻，死亡似乎就要来了，我被紧紧捂住口鼻，呼吸不得。我几乎想放弃了。我几乎想立刻冲着那团天光游回去。

就在我转身的时候，不知什么忽然缠住了我的臂膀。我慌张的手脚乱成一团，以为立马就要死在湖底了。一大团气泡在我眼前升上去，蹭着我的鼻尖。是那个男生！我向下一看，他苍白的脸面对着我，水的波纹映在上面。他一手抓着我的胳膊，另一只手把女生整个揽在怀里。

我一刻也不敢耽搁。我手脚并用朝那团天光划过去。我感到，此刻的我就像一叶扁舟落在大海里。我的手里拖着另外两条生命，他们又直接增加了我的生命的重量。他们好沉，男生几乎瘫软过去，只有两只手依旧下意识用力。

我对你说过，我常常感到在湖边坐久了就能找到自己。当我跳入湖中，仿佛追随到了生命的根本。这一大片湖水就是母亲的子宫，当湖水如羊水一般紧紧包裹着我、我不顾一切向那团天光游的时候，你瞧，这多像一次生产的过程。

我的手首先露出湖面，尔后是眼，再然后是鼻口。湖上的风吹着我耷拉在眼前的头发。男生女生旋即在我身边浮上来，男生仍有些气力，女生完全昏过去。只是男生的一只手仍旧把她紧紧搂在怀里，另一只抓着我的胳膊的手，早已松开。

我的眼前一片恍惚，天旋地转。岸上围观的群众熙熙攘攘的呼喊隐约撞进我的耳。我湿透了，全身上下，从里到外。我的口，我的鼻，我的眼，我身上的每一个毛孔都在拼命往外渗水。

我已经坚持不下去了。我只能维持不往下沉，一点游回去的气力都没有。男生在我身边喘息、呜咽。从岸边跳下来几个人，将我们三个团团围在一起。他们拖着我游，我感觉是自己在游，仿若我的全身重新又充满力量。我们离岸边越来越近。

我最后看了一眼天空，新集镇的天空。云朵满天都是，是胖乎乎的白色的拳头。

天空蓝得像一滴在水中晕开的颜料。

往后的事情，你知道，报纸电视都在报道，我成了咱们新集镇的名人。对，我的第三份工作就是当名人，咱们新集镇的名人。

我在医院醒来以后，母亲在纸上给我写，那对男女生果真是恋人，中学生恋人。家长反对，女生便要殉情。男生是不想死的，不然他不会在女生跳下去后反而救她。

我在病床上躺了几日，男生就在我的身边。我白天醒他晚上醒，有时四只眼睛对上，没有纸笔写字，他就眯起眼睛起劲地看着我。女生据说就躺在我们隔壁的病房，她的情况一直不太好，直到我出院她还不能下床走动。

我还想说说我在医院的那几天。那几天男生女生的父母来我病床前，下跪磕头，要谢我的恩。母亲立刻把他们挨个搀起来。那几天市里的、甚至省里的媒体都来我的病房采访，他们格外喜欢拍我的病床照，一波走了，再来另一波拍，弄得整间病房里乌烟瘴气。那几天李姨每餐都叫伙计送来，这个菜那个菜我都叫不上名，但格外好吃。都是我回新集镇的那天，在她饭馆的菜单上看到、想吃却又没钱吃的。

临出院，母亲给她钱，她偏不要，说："请英雄吃饭是她的光荣。"

当然，这话是她写在纸上给我看的。我看了，头一次觉得，我的第三份工作真是妙。

我出院后，头一次收到你专门写给我的信。我回新集镇之后，你一直觉得有母亲照顾我，通信这样麻烦的事实在不必要。每次都是你与母亲通电话，打听我的情况。若有什么事想叫我知道，一定是母亲在和你通完电话后写给我看。

你的语气还是那样，是我熟悉的、本来应该躺在纸条上的字体。你仍旧像那些记者一样，打听我那天的情况。我给你写信，是的，你的信我当然要回。我不仅详述了把他们救起来的场景，连同我重新回到新集镇的感受也一并讲给你听。

回你信的时候，母亲就在我的身边，时不时，她要看看我写字，我猜我写的字她不一定都能认全，有些句子她需要边猜边想。

这会儿正好是正午。屋子里亮堂堂的，母亲曾经对我们说的那句话一点儿也没有错——好似把光全都盛进来了。

在信的末尾，你又问我愿不愿意回你所在的城市，继续和你生活。

我只想对你说："当我拖着两条命钻出湖面的时候，天空笼罩着我所看到的世界。我头一次觉得，活着真好。爸爸，我也头一次觉得，新集镇的太阳暖极了。"

作者简介
FEIYANG

　　王天宁，山东济南人。13岁起在《儿童文学》发表小说，至今已在《美文》《青年文学》《萌芽》《中国校园文学》《少年文艺（江苏）》《读友》《巨人》等各类文学杂志发表小说、散文近70篇。有多篇文章入选《盛开》《飞扬》等出版的文集。（获第十一届新概念作文大赛二等奖，第十三届新概念作文大赛二等奖，第十四届新概念作文大赛二等奖）

星星不睡  ◎文/木楠

一

我现在在上海，在一个我曾经在电视上看见过听见过的地方。老实说，我喜欢这个地方，我喜欢路旁有高大的悬铃木，喜欢永远不黑的红色天空，但是我根本不适应它。

在爸爸妈妈告诉我要带我来上海的时候我曾经抗拒过，但是就如你所知，一个十三岁的孩子在父母的决定面前能做些什么呢？所以我带着对家乡对外婆的留恋，带着对前方的未知，带着对高空的恐惧，穿越半个中国，来到这一片我完全不熟悉的土地。

我还是经常想起我的家乡，毕竟那里有我的根。我的根生长在四川的稻城，一个青草成海的地方，那里的草海保留着我的童年。

无数个梦里面我就像小时候一样，在草海里面奔跑，无忧无虑。

还有我的外婆，在我心里她一直是一个很有智慧的外婆，她会指着天上的星星给我讲故事，她说，你看，星星从来不睡觉，如果你在晚上醒来就不要害怕，找一颗星星，看着它，它就会给你勇气和力量，这样你就不会孤单害怕了。

　　我知道那只是外婆在鼓励我，但我还是因此勇敢了很多，慢慢从一个胆怯的小女孩长成了如今的少女，虽然不是众人夸奖的那种各方面都非常优异的女生，但却是从来不会让大人担心的孩子。

　　而如今，我在这样一个我渴望融入却迟迟无法融入的地方。我并不羡慕那些拿着耀人眼球的高科技产品的同学，也并不因此而自卑，但是我的这些同学们却小心翼翼地避开我。我不知道她们是害怕惹起我的羡慕嫉妒恨，还是担心给我造成心理上的压力和阴影。

　　或许她们只是觉得，她们跟我，并不是一个世界的人。我十分想要去打破这一层隔阂，但是我却无从下手。

　　蓝妮是我目前交到的唯一的朋友，我们是开学后不久在图书馆认识的。那天我是去找苏童的一套短篇小说集，在图书馆的一个角落找到之后，在借书的时候才发现借书证没有带过来。正在我打算回寝室拿的时候一张借书证递到了我面前，证件上的女孩五官清秀，留着可爱的 BOBO 头。

　　她的名字就是蓝妮，她说："用我的吧，刚好我也想借这一套书，你看完给我看吧。"

　　她将书借好然后说："我就住在你的隔壁寝室，我们一起回去吧。"

　　我们就是这么认识的，我们有着共同的兴趣爱好，也喜欢着相同的作家和电影。

　　我们聊天的时候很投机，有时候感觉她就是这个世界上的另一个我一样心有灵犀。没多久，我们就成了最好的朋友。

　　曾经我也问过她为什么我总是感觉没办法融入这个环境，这里的太多东西都和我不是一个世界的。

　　她说，那是因为我还生活在过去的世界里面，两个世界的断层让现在的我感到迷茫，慢慢地适应了也就好了，当然如果实在适应不过来也没有什么不可以。

　　她说，最重要的是做自己。她这句话我一直记着。

二

离开了稻城之后我每个星期给外婆打电话，我知道外婆每个星期天下午都会等在小镇上的那个小商店门口公共电话机旁边。从家里到镇上要走好长一段时间的路，小时候外婆带我走过好多次，走不动的时候外婆会把我背起来。

我在电话里告诉外婆很多我高兴的事情，我告诉她我在这边很开心，我还告诉她放假我一定会回去看她，还会给她带礼物。她在电话的那一边总是很开心，我可以想象她慈祥地笑着。

我问过爸爸妈妈，问他们既然可以把我接到上海来，连户口都落在了这里，为什么不把外婆一起接过来。爸爸说："我们劝了她很久，但是她说受不了上海这样的城市，老人家爱清静，城市里面太吵了，她会不高兴的。"

想起外婆的时候我就会看星星，可惜上海的天空永远不黑，无数灯光照射出来的暗红色占满了天空，星星往往被隐藏在这后面，需要很努力地寻找才能找得到。

我把这些都告诉了蓝妮，她说真羡慕你啊，有一个这么好的外婆。她的奶奶和外婆在她出生前就去世了，只在照片里面看到过，是很慈祥的老人的脸。

我突然告诉她，放假的时候跟我回四川稻城去看我外婆好不好？

那时候我们在教学楼的阳台吹风，一群鸽子从我们面前飞过去，带着强健的扇动翅膀的声音。她说，夏天快要过去了呢。

我知道也许她的家人不会同意，也许她已经有了别的什么安排，我没有勉强，跟着说了句，夏天快要过去了，真想像这些鸽子一样，抓住夏天的尾巴飞翔。

第一次月考的成绩出来，我和蓝妮都在前十名里面，不算太好自然也不坏的成绩。

我把成绩单交给爸爸的时候他说要带我去吃日本料理，我说不用了，我只要放假的时候在老家多待一段时间。他说那好吧，只要你喜欢。

爸爸很早以前从我们那个小地方走了出来，一路到了上海，然后努力把从稻城带过来的根扎进了这座水泥森林。如今，他已经有了自己的事业，已经长成了这座水泥森林里面一棵无法拔起的树。他也许是想，将我也安置在这里，像他一样，将来好继承他的事业。他也想像其他的父母一样送给我会让别的孩子羡慕的东西，但是我不喜欢那些，我更希望在稻城无忧无虑的日子。

我无数次跟蓝妮提起稻城，关于稻城的一切我都告诉了她。我说那里的空气非常新鲜，到上海之后我就再也没有呼吸过那么好的空气了。我说那里的天非常蓝，草非常绿，水流清澈。关于稻城的一切记忆在我心里都是如此美好。

有一天蓝妮带来了一本旅游杂志，在翻到介绍稻城的一页的时候，她郑重其事地在地图上画下了一个圆。

我知道，从此稻城就住在了蓝妮的心里，这是我们又一个共同的地方。

三

我和蓝妮最常去的地方是学校的图书馆和教学楼的阳台。图书馆里面我们看着同样的书，我们都喜欢苏童，喜欢刘亮程，喜欢那些笔下散发着村庄气息的作家。在他们的故事里面，村庄永远像一个宽广的脊梁，承载着这上面的人们的幸福。

我们会把各自写下的读书笔记交换，分享着彼此的阅读感受。我们也会分享彼此的小秘密，这些小秘密千丝万缕般编织进了我们的友谊里面。

我们喜欢在学校的阳台上面吹风，这里风很大，视野也更加开阔。站在这里往外看我不过是看到了数不清的建筑物争相拔起。这里的高楼就像我老家的草一样多，层层叠叠，疯狂拔节。在这个阳台上我们聊过彼此的理想。我说我想做一个作家，那样我就可以呆在我喜欢的地方做我喜欢的事情。我知道这不是一件容易的事情，但是我会尽可能努力去实现它。蓝妮说她想做一个画家，用笔墨记录下那些美景与感动。

也许我们说出来的话马上就会被风吹散，但是我们的心足够坚定。为了达成我们的理想，我们一直在努力也一直在互相鼓励。我写不出故事来的时候她给我讲很多她的经历，她找不到好的素材的时候我给她描述稻城的一景一物。我相信我们一直走下去，一定能够走到终点。

上海的秋天来得很晚，可是一旦突然降临就势不可挡。悬铃木的叶子仿佛在一夜之间全部掉光了，露出光秃秃的枝丫来。天气也突然变冷了，空气凉凉的，感觉要从毛孔渗透进皮肤一样。

这个秋天里我第一次感冒了，感冒的两天我没有去上课，爸爸妈妈轮流在家里照顾我。

我知道他们是非常爱我的，但是他们都太忙碌，很多时候没办法陪在我身边。

回到学校蓝妮帮我把这两天我漏掉的笔记抄好了交给我。还叮嘱我如果感到不舒服还是要回家去好好休息。我看到她认真的样子感动得差点哭出来，在这个年纪，感动还是一件天经地义的事情，值得我们好好去珍惜，就像我们的友情一样。

蓝妮就像我那些留在稻城的朋友一样对我好，她是我在这个至今都感到陌生的地方唯一的知音，我对她说的一切她都懂，这是非常难能可贵的一件事情。也许一辈子有一两个这样的朋友就非常值得庆幸了。

我写的那些故事只给她看过，她的那些画里面很多都是根据我所描述的稻城的景象画出来的，逼真得让我感觉回到了家乡。

我在电话里告诉外婆，我在这里过得非常好，有一个很好的朋友就像以前那些伙伴一样照顾我。她听了，很开心地笑了。我知道她肯定担心我在这里会不习惯，交不到朋友，甚至可能会被大家排挤。她一向这么爱我，我怎么能让她担心呢。

其实我并没有受到任何人的排挤，他们对我都很客气，只是我和除了蓝妮以外的人说话的时候会有顾忌，会太过于客气。我终究觉得，我还是不能融进这个集体，这是毫无理由的，说不清道不明的。蓝妮曾经对我说过的要永远做我自己，这句话给了我莫大的勇气。

四

期末考试完我就期待着赶紧发放通知书，然后我就要回到稻城过年。这些年来我极少和爸爸妈妈一起过年，他们总是有忙不完的事情。他们知道我一定要回到稻城过年，我也知道他们今年一定和往年一样要留在上海接着忙。

其实，我很想一大家人聚在一起过年啊，这是我想过很久的一件事情，我多希望它会变成真的。

考试完我就在家里呆了几天。

上海的冬天比起稻城冷太多了，走在路上就像被无数细小而锋利的刀刃割到一样。

拿成绩单那天我特意绕了远路去蓝妮的家，那是一套很大的房子。我站在小花园的外面喊她，她从窗户探出头，然后跑了下来。

已经临近春节了，这座城市很多的人挤进了春运的队伍，他们要回到自己的家乡，和自己的亲人一起过年。这样繁华的一座城市，瞬间冷清了不少。

以前拥挤的地铁 1 号线，如今空座位比比皆是。曾经车水马龙的写字楼门前，如今只停着几辆轿车。

我们就穿行在这样的街头和地下，说完了这几天的见闻，我们居然双双无话可说了。我努力找新的话题，我想她也是。

也许，是我们要分别一段很长的时间的缘故吧，彼此心里的不舍都不愿意说出来。

我们就这么沉默着走到了学校，班主任做完了总结，然后开始分发成绩单。我身边的人们开始热烈讨论着寒假将要得到的礼物和红包，每个人的脸上都是喜气洋洋的。

毕竟说到底，我们都还只是一个刚刚开始步向成熟的孩子，喜欢热闹和礼物是我们所有人的秉性。

我的礼物就是重新回到家乡和外婆的怀抱，在那里自由呼吸，这比给我什么样的礼物都更加让我开心。

往回走的路上蓝妮突然说，她其实非常想和我一起回到稻城，看看那些我给她描述的而她只在梦里见过的场景。她说她做过很多关于稻城的梦，梦见在稻城的草海里跑，在稻城的天空中自由飞翔。稻城成了蓝妮的一个梦想，她非常想实现它。

我多希望蓝妮真的可以和我一起回去，那样我们就可以在稻城的山水间奔跑嬉戏，我还可以把她介绍给我那些从小一起长大的朋友，告诉他们，蓝妮现在是我的好朋友她非常照顾我，就像你们一样。我想蓝妮可以和他们成为非常好的朋友，我们可以一大帮人一起玩儿，一起唱歌一起奔跑一起诉说自己的理想。那该是多美好的事情。

蓝妮到家的时候我对她说再见。除此之外我想不到该说什么。

回去的路上我怅然若失。

五

收拾好了东西，爸爸送我去机场，从上海到成都，再转汽车就可以回到稻城了。坐在出租车上看着窗外飞逝的光鲜亮丽的高楼大厦我感觉到前所未有的畅快，很快我就可以在几千米的高空告别这个城市，义无反顾地奔向家乡的怀抱。

通过一系列手续，我进了机舱，坐在了自己的位置上。飞机还有半个小时起飞，周围还有一些座位空着，我与外婆的距离缩减到了几个小时。

飞机即将起飞的时候那些座位都还空着，我知道如果还有人没上飞机就很有可能延迟起飞时间，那样我和外婆和稻城的距离就会拉长。我感到焦急，我多希望那些人能够赶快出现在这里。

突然，我看到了一个熟悉的身影出现在了我面前，漂亮的海蓝色衣服和 BOBO 头，不是蓝妮还能是谁？

更加让我惊讶的是我的爸爸妈妈也紧跟着走了进来，还有蓝妮的爸爸妈妈。

天啊，这一切都是怎么回事儿，难道都是我的幻觉吗？我惊讶得说不出话来。

"嗨，你该不会想要假装不认识我们吧，那我们可要下去了哦。"蓝妮开口说道。

"你们，你们怎么会出现在这里？"我居然还在问这样的傻问题。

"你说呢？难道你不希望和我们一起回稻城过年啊？"蓝妮假装生气了。

我赶紧说："没有没有，我高兴还来不及呢。可是这到底是怎么一回事儿啊？"

"想给你一个惊喜呀。我偷偷找叔叔阿姨谈过了，我跟他们说你很希望和他们一起过年。我还说服了我爸妈，这个年我们要去稻城过，让这个年过得更有意思。"蓝妮不无得意地说。

"呵呵，就当是去旅游啦，旅行过年嘛。"阿姨接着说道。

"你居然，背着我做了这么多事情都没有告诉我啊，你还当我是你最好的朋友吗？"这次换我假装生气了。

"那还不都是因为你自己不敢说啊，你太顾忌别人的感受，想说的话都不敢说出来，我都不帮你说谁还能帮你说啊？"蓝妮过来坐在我旁边，抱着我说道。

"谢谢，谢谢，有你这样的朋友，真好。"我再一次感动得差点哭出来。

"好了好了，先坐好吧，飞机等一下要起飞了，有什么话路上再说吧。"爸爸和妈妈过来拍了拍我，然后坐在我的后面。

我真高兴，这些我想象的事情，居然一个接一个地实现了。

"这次我帮你了，以后你可要自己更勇敢一点哦，我还希望哪一天我退缩的时候你可以出现来帮我呢。"蓝妮对我说。

飞机急速上升，很快就穿越了云层到了高空。我们往窗外看去，是一眼看不到尽头的云海，就像稻城的草一样茂盛。

在稻城过的这个年是我这十三年即将十四年的生命里最美好的一段时光。我们好多人在一起快快乐乐地说着笑着。

我第一次和爸爸妈妈在一起过年，吃着他们包好的饺子，听着外婆讲的故事，和蓝妮还有儿时小伙伴一起无忧无虑地玩耍。这样的时光，谁能说不完美。

快要回学校上学的前几天我们在草甸子里扎了帐篷，大人们在忙，我们俩躺在草地里仰望夜空。夜空一如往常地清澈，星星悬挂在很高的地方亮闪闪。

风从我们身边吹过，带着草海起了涟漪，唯美得就像是梦境。

蓝妮说，这就是她在梦里梦到的场景，同样的舒适和惬意。

突然我们看到一颗流星，我们兴奋得大声尖叫起来，蓝妮说："许愿许愿赶紧许愿，现在许的愿望可以实现哦。"

许完愿之后我问她许的什么愿望，她说不能说出来否则不灵了。

"答应我，以后更勇敢一点好吗？你要勇敢地接受身边的人，让他们都变成你的朋友，就像我一样。"蓝妮嘴里含着草茎和我说话，"外婆不是说了吗，害怕的话就找一颗星星，让它给你勇气。虽然在上海要看到星星比较困难，但是你要知道星星一直都在，不管白天晚上。它们不睡觉也不离开，哪怕在你看不到也根本没有注意的时候，它们依然注视着你，给予你力量。"

我知道，蓝妮就是我的天空里非常耀眼的一颗星星，有她在，我会拥有无穷的勇气。还有另外很多我此前没有注意到的人，他们也是。

那天我和蓝妮就在星空下睡着了，做了一个很美的梦，这个梦是我们的小秘密。

作者简介
FEIYANG

木楠，真名李伟菘，90 后作者，曾在《格言》《美文》《中学生百科》《课堂内外》《中学生》《小溪流》《疯狂阅读》等杂志发表数十篇作品。（获第十四届新概念作文大赛二等奖）

我爱你有116斤那么多 ◎文/王君心

一

苏睿把脑子里能想到的情节全部清空，用她那部不管外观还是重量都酷似棺材的笔记本慢吞吞地爬上QQ，在一堆明亮的头像里找到倪倩。

"有空么？我和你讨论个小说情节。"

很快就得到答复。

"有。"

"开场是高考考场。"

"嗯然后。"

"主人公是个女生，在她侧前方坐着个男生（估计是她暗恋过的），两人都很小心地无视对方，然后进来一个拄拐杖的女生，男主和女主都不约而同地望着她，表情复杂。你说这三人曾发生过什么事？"

"你要和我讨论什么？"

"一起编啊。"

停顿了五秒钟后，终于有了回音。

"我一想，就想出了一套狗血情节。"

苏睿激动地敲击键盘。

"说！不要车祸！"

"暗恋男和女主角在一起。拐杖女是女主角的好朋友。

暗恋男出轨与拐杖女。女主角看到了，然后不动声色地……"

"陷害她了么……"

"嗯哼，就是这样。"

苏睿正要回一个"够了"，倪倩又迅速地丢出一句。

"绝对没有比这个狗血的了啊！"

"有。我想的是暗恋男和拐杖女在一起。但他和不动声色女也暧昧不清，关系被拐杖女发现后，拐杖女多次陷害不动声色女，结果反遭毒手……"

"联系下高考考场的话就变成考试阴谋剧了啊！"

"比如……？"

"比如拐杖女是暗恋男的学习竞争者，不动女因此想害死拐杖女……其实暗恋男知道不动女是为了他把拐杖女推下楼梯的，但是他什么也没有说……"

在想象力这一点上，苏睿一直认为自己和倪倩相距不止地球两圈。

苏睿的字体是酸橙色，倪倩的是桃粉色。苏睿望着一屏幕的花红柳绿和姹紫嫣红的剧情走向，突然愣了神，最后回了一句："好诡异……我还是自己去想好了……"

"嗯。晚安。"倪倩说。

苏睿这才瞥了眼墙上的钟。时针默不作声地趟过午夜，秒针哒哒哒哒，不知为何让苏睿想到捧着厚重裙摆跳步子赶路的胖女人，有一样的局促和尴尬。

这种时候，大概也只有倪倩能陪她瞎掰着聊天。苏睿记得自己上一个生日那天零点，也是倪倩陪她守在一个网站上抢礼物。

反正是暑假。苏睿扑倒在床上，拿枕头蒙住脸。她暗想把倪倩和自己的事捏成小说，没准也是个有板有眼的故事。

二

苏睿和倪倩之间是什么关系，苏睿自己也说不清。

不是死党。她们的认识有点离奇，小学时都在一个班，没有半点交集。倪倩和同班一个女生特别要好，苏睿和这个女生恰巧上下学同路，熟稔起来后就发展成了三人行。一开始苏睿和倪倩总是吵个没完没了，为了争夺那个女生最好朋友的位置大动干戈。

后来那个女生转学走了，渐渐失去联系。再后来，两人都长大一些后，她们可以很轻松地聊起这事，乐不可支。

现在她们不在一所学校已经四年，关系不冷不热，像开水沸腾后的寡淡。也就寒暑假能出来聚一聚。况且学期一开始，倪倩就成了彻底的山顶洞人。与世隔绝。

手机没收，座机停机，网线被拔，周末禁足，那台29寸电视成了她随时观望世界的唯一工具。倪倩老妈心思缜密，赶尽杀绝，做得可谓家长中的楷模典范。苏睿永远记得那串尾号是火警的座机号码，只是打过去，再没有人陪她煲三个钟头半的电话粥。

苏睿要想和倪倩说上话，只能通过班上一个姓何的白白胖胖高高大大，家住倪倩隔壁的男生传信，她们管他叫何大白。

所以只能算是说话投缘吧。但她们的生活和兴趣又毫不相干。苏睿成绩不错，蘑菇头，深度近视，衣服打扮毫无亮点，偶尔在半夜写点故事，常常脱线，看动漫和美剧。倪倩成绩一般，长发，卷发棒已经运用自如，大波浪小俏皮麻花辫全凭她的心情，有短裙和人字拖情结，电波族一枚是也，酷爱日剧韩剧，拒绝日漫。

这样的两个人怎么会成为朋友呢？可见上帝有多么漫不经心。

苏睿也只有在倪倩面前会露出黑色桃心的恶魔尾巴，毒舌地评论一些讨厌的人和事。比如她们会挑出网友的日志大开"作文教室"，吐槽偶然光顾的那家包子店用牙签而不是勺子挑馅，再者拿共同朋友的前男友开涮，"你怎么能说他是贱人？'贱人'听了会哭的。"是她们最常说的话。互侃也是常有的事。

但是当苏睿听到倪倩对着一个粉红底白色圆点的超大蝴蝶结说了句"To be No.1"后，才知道这句话也能骂人，才知道自己的功力根本不及倪倩一半。

高一刚开学，苏睿迷上了明信片，那时候 Infeel.Me 的字母片恰巧风靡豆瓣，她买了一套，让倪倩挑了一张，寄到学校来。

倪倩挑的是特大号。

片子背后的一小块空白被她填得密密麻麻——

苏睿寄给倪倩的是 C，Call you just to say "Hi"。打电话给你就是想说声"嗨"。鲜橙色，色泽跳跃一如橙汁。

这一次，她淋漓尽致地发挥了脱线的本质，用信封套了明信片寄到倪倩学校。后来倪倩说刚看到信封兴奋得不得了，以为写满了东西没地儿写地址了。结果打开来，妹的，空白面上除了地址外，就写了一个大大的"嗨"，以及"天天快乐，心想事成！（祝福虽土但实在）。

三

倪倩在明信片上提到的那个夜晚，苏睿记得。那时春节刚过，她和倪倩去学校偷放烟花。

那晚特别冷，她们感觉走进了一部黑白电影里。与雪无关，这个小城一向没有雪。校园里的树很应景地掉光了叶子，干枯的枝杈撑着夜空里的团团乌云，背景一片黑魆魆，风刮拉着停车棚的顶上，像是硬要凿出个窟窿来，轰轰响。风刮过面颊，窜到领子里，苏睿想如果是《死神来了》这风估计能把她半边脸刮掉。

然后就听身边的倪倩说："我靠啊，如果是《死神来了》我半边脸都要被这风刮掉！"

苏睿懒得宣布这个巧合，虽然心里激动得不行。她戴上羽绒服的帽子，帽檐的那一圈不知什么毛盖在脸上，远看着估计和远在北极的因纽特人有那么点共性。她听见倪倩大声说："因纽特君！因纽特君你还好么！"然后自己就先笑倒了。

那天倪倩穿一件红色小夹袄，内衬深蓝色条纹长裙，黑色打底袜，棕色长靴。苏睿就记得她也不哆嗦，只是不停地笑啊笑啊，好像寒风会忙着冻僵笑声而忘了她似的。

她们买了好多好多烟花，名字都土得掉渣，什么"千手观音"，什么"彩蝶纷飞"。在小铺子里看到一张2005年的超女海报，李宇春周笔畅张靓颖何洁纪敏佳一一数来又笑得岔了气。想当年她们还是好好学习天天向上的小学生，买了那么多超女的贴纸和本子，像宝贝一样捧着。

她们在空旷的操场上摆烟花。篮球架下少了几个耍酷的男生，让苏睿稍微有点不适应。她们从最小的"满天星"放到最大的"喜羊羊"，金色，银色，紫色，那种锥子形像火山一样的焰火喷出三米高的火花，金色的线流窜在空气里，仿佛校园里唯一一棵有生命的树，绽放着眼睛都承受不了的温热，看了很久，好像要被烫伤了一样不得不挪开目光。

最后一支焰火升上空中，倪倩突然对苏睿说："跟你说个事，别说出去啊。我喜欢我们班一个男生很久了。但是他有女朋友。所以我决定在二月十四号这天彻底忘掉他。"

苏睿记得清清楚楚。这是倪倩第一次对她说这么坦诚的话。这也是为什么她老觉得这份友谊少了点什么。

那晚她们又在操场上逛荡了几圈，冷得搓手跺脚，然后在门卫伯伯锁门前溜了出去。操场上还留着两人用条状焰火烧出的笑脸和名字。其实就是一把黑灰，也许第二天就被风扫得干干净净，不留痕迹。

事情还有余音。苏睿在二月底从何大白同学手里收到了倪倩的一封信，信上说二月十四日这天那个男孩向倪倩告白了，于是倪倩勉为其难地接受了他。

"够了！"这是苏睿的回应。

这么个急刹车的意外让寄信人和收信人都笑得想捶桌子。

四

苏睿喜欢看倪倩的 QQ 签名，不像她的，一年下来就一句"闭嘴。闭嘴闭嘴闭嘴闭嘴。"那是说给她妈妈听的，按这位更年期妇女的说法，"'别人家的姐姐'那真是文武双全，才德兼备的国家新一代终极秘密武器"啊。

高一刚开学，倪倩的签名换成了"我整个人都 sin α 了。"苏睿知道，倪倩在形容自己的心情犹如 sin α 的波浪状函数图象一样淡定不能，那时候她自己也被数学折磨得求死不能。还有"死缠烂打和坚韧不屈只是一线之隔"，"抱着夏天该不该想着秋天呢？"等等等等。

讨论小说情节后的第二天，苏睿又看了倪倩的签名，现在是"还好我是胖子，无聊的时候可以捏肚子玩。"

苏睿马上把签名截图，发给倪倩。

"女孩子不可以说这种话！"

"那又怎样！？苍天啊，我都 116 斤了我！"

"Who cares？你又不胖，够高怕什么？"

"我男朋友 care！"

"……"

"我和他很久没一起出去了……"

苏睿一时不知该怎么接腔，只觉得倪倩的语气起了变化。她突然又想起一件事。

六月份的一个周五晚上，她在网上找到倪倩——不是她妈妈大发慈悲，倪倩用她姐姐的手机偷上 QQ。

"我要被气死啦！"苏睿向倪倩大呼求救。

"怎么啦？"回音很及时。

"我要被一个高二的大姐活活气死！！"

"说！有老娘在，怕什么！？"

"他们找我当文学社社长，还不是校刊这个烂摊子出不来！今天找了几个高二的给我们指导，其中一个大姐把所有的责任通通丢到我身上！关我什么事啊，我也是个初来乍到的好不好！"

"应该不止这个吧？"

倪倩对苏睿的了解足够深，就这点原因是不会让她发火。

"我们年段不是有个作家的女儿吗？她妈妈就是那个在自个儿学校里卖自己书的老师。那群高二的一听作家女儿也在这里开会，一张张小脸儿马上就红扑扑的，说话都恭恭敬敬的，还结巴起来了！"

"嗯，我听着。"

"我也听说过这个女生，她妈妈帮她也自费出了一本书，到处送人。我觉得自己也算半个写东西的人，发表了十多万字，半夜抱着笔记本在被窝里写，怎么就没人家有个好妈妈这样的待遇呢！"

倪倩发了一个"安慰摸一摸"的表情。

"这就是羡慕嫉妒恨吧。"苏睿愤愤地说，"然后会议就完全变味了。"

"不要管别人，不是有很多人说喜欢你的文章啊，你想想他们就好啦。"

倪倩陪苏睿聊到大半夜，一反常态，很安静地听苏睿大倒苦水，说一些安慰的话。

到了凌晨实在太晚，苏睿气也消得差不多了，她轻轻地敲敲键盘。

"谢谢你。很迟了睡觉吧，晚安。"

让她吃惊的是，倪倩反应强烈地回了一句。

"要死要死要死！你和我说什么谢谢！"

"是哦。"

苏睿说，觉得眼眶湿湿的。

"嘀嘀嘀嘀——"电脑传来提示音。思绪抽回到眼前。倪倩岔开话题，谈到别处去了。

五

夏天的假期就要落幕，冰箱里的储备卸掉大半，蝉在鞠躬感谢一整个季节的听众，告别的声音终于柔和。写满公式符号的黑板，画满涂鸦留言的桌面，和物理老师的光头化学老师的龅牙一起，一点点清晰起来。

大大小小的事情像多米诺骨牌一样整齐有序地倒下，但是接到倪倩的电话，苏睿偏偏一点准备也没有。

晚上九点。倪倩在另一头把声音哭得断断续续："你现在有空吗？我就一个人……在你们学校……"

"你等一下，我马上就来。"

挂了电话，苏睿换了衣服就出去了。不费力气地在教学楼的楼梯口找到了哭得肝肠寸断的倪倩。一身白衣，黑发披散，远看效果甚佳。苏睿差点没被吓得丢了魂。

原来这天倪倩的男朋友在 QQ 上提出和她分手，倪倩因为心情不好和妈妈大吵一架，从家里跑了出来。

很青春校园很少女小说的情节，只是苏睿没想过会降落在自己身上。她看着倪倩哭成一团，受到眼泪的感染也动了情。

倪倩一边哭一边骂她的前男友，像一个迷路的小女孩。她的声音像雪一片片飘散在空气里，在手心留下一小滩湿润的痕迹。苏睿想起来那时候就在眼前的操场上，倪倩告诉她她要彻底忘掉那个人。结果该死的告白来得不早不晚。从冬天到夏天，兜兜转转绕了一大圈。

倪倩哭了很久，眼睛肿得睁不开。她终于累了困了。

两个人就坐在冰凉的台阶上，眼神空洞洞地望着操场。

倪倩说不知道为什么，在这里游荡的时候脑子里就只有苏睿的手机号码，只想在她一个人面前哭。真的好奇怪。

苏睿也觉得奇怪，自己在学校里也有很多朋友，关系好得完全可以推心置腹，但是最气愤最伤心的时候找到的人就是倪倩。

她们很少诉说彼此的秘密。除了寒暑假,平日里就像陌生人一样,
见面了打个招呼,仅此而已。可是最投缘的估计也是她们,最信赖彼
此的也是她们,隔着一段距离,却照样能相互安慰的也是她们。

倪倩忽然说了一句话,苏睿没听清,但猜到了大概。

"我爱你啊。"苏睿立刻说,这句恶心又矫情的话被她说得干脆又
明亮。

"有多爱?"倪倩大概是想到了大兔子和小兔子的故事,无心地问。

"爱你的全部。"回答得牛头不对马嘴。

"多少咯?"

"有 116 斤那么多吧。"

苏睿一本正经地说。

"混蛋!这时候还戳我的痛!"

两个人又坐在台阶上很放肆地笑起来,笑得东倒西歪,无所顾忌。

作者简介
FEIYANG

    王君心,1994 年出生,一个真诚开朗的女生,
喜欢阅读,喜欢书法,喜欢交友。从小学五年级
开始写作,从 2007 年开始至今已陆续在《福州
日报》《少年文艺》《少年文艺·写作版》等发表
二十多篇作文、童话。(获第十四届新概念作文
大赛一等奖)

第4章

少年之王

某一天,不知道哪个见多识广的老人说,我们镇

外的那条河流最终流向大海

光彩  ◎文/王天宁

　　小三子甫上初中得到一副眼镜儿，这眼镜儿又不同于寻常人鼻梁上架的那种——镜腿长长的，牢牢圈住耳朵；从侧面看去，镜片边缘一层一层，像年轮。光一照，赤橙黄绿青蓝紫，不缺一色，投到纸上，就是半截儿彩虹。

　　小三子的眼镜儿，左边被蓝色的纱布裹着，据说是防止左边的好眼被右眼给拉散光了。给他测视力的胖女人把自个搁在木椅子上，给小三子指了两下视力表，人就"呼哧呼哧"直喘粗气。她写好单子递给小三子的母亲，要她带小三子配镜片。

　　小三子望着女人伸向母亲的手，仿若五根长短不一的香肠的手指。他一个愣神，想也没想脱口而出："阿姨，您这么胖，去我们家旁边的减肥馆减肥吧，我妈天天去，可管用了。"

　　女人定在那里，咧着嘴笑，努力在椅子上缩紧自己的身体，几根脆弱的木头发出响亮得有点过头的"咯吱咯吱"声。母亲赶忙腾出一只手捂住他的嘴，挤出一点儿笑，"孩子还小，不懂事。"她给女人说，边说边拖小三子往外走。

　　母亲说话半天，胖女人丁点回应也没有，只知道笑，只知道拼命往椅子里缩。再缩又起不了什么作用，女人

还是挺大块头，肚子被截成好几截儿。小三子又不懂母亲了。她捂他的嘴巴干什么，她遮遮掩掩干什么，阿姨这么胖，难道不需要减肥吗？前段时间母亲还眉开眼笑地宣布针灸减肥取得了成效，成功减去多少多少斤。付出的代价就是再也没了"胃口"这东西，在饭桌上俩眼直勾勾地盯着碗里一小团米饭，用渐渐尖起来的下巴朝着那团米饭，嘴里大气一出："唉！"听不出是叹息还是感慨，一张脸盘黄得和什么似的。

眼镜不是好戴的，小三子戴上才知道。

开始需要适应，毕竟鼻梁上架着个不轻的东西是顶难受的一件事儿。喝面条变成奢望，低头时右边镜片给水蒸汽糊得严严实实。左边裹了纱布，天蓝色，紧紧贴上眼睛看不出蓝了，左眼前整个都是黑的。小三子用一只眼看世界，难免往身上添乱七八糟的毛病，瞅人眼珠往左斜，斜视。

日后"独眼龙"一类的雅号在伙伴堆里不胫而走。有次他们叫他出去玩，一众小男孩在楼底下"小三子小三子"地唤两声，没应，便扯着脖子"独眼龙独眼龙"地叫开了。这招屡试不爽。一会儿小三子的脑袋从窗子里探出来："知道了知道了，不要叫了。"话音没落，一颗更大的脑袋伸出来，悬在小三子的头上方，曲里拐弯的长头发垂下来，一张脸阴得吓人，"什么独眼龙独眼龙的，你们就不能叫他的大名吗？还朋友呢，狗屁啊，有没有爹妈教你们啊。"

母亲觉得自己的孩子受了气，更显然自己动了气。几个小男孩仰着脸眨巴两下眼睛，有心电感应一般猛然散去，鸟兽状。

自然地，他们减少了和他的来往。放学时他们一伙挤挤挨挨地在前面走，几个人推推搡搡，把别人推下马路牙子后跟捡了便宜一样嗷嗷叫唤。小三子低着自己的头，用手指抵着鼻梁上汗津津的眼镜跟在他们后面。他在这时就祈求母亲别来接他。母亲本来个子就高，却偏爱穿高跟鞋，一年四季，锥子一样的鞋跟恒久不变。她开始减肥后一张脸瘦、尖，且黄。她迎面走来看他们居高临下的，再看跟在后面戴着小眼镜拖着长书包的儿子，最显著的特征就是落单，她的两条细长的眉瞬间拧到一块儿。他们很知趣地散开了，还是，鸟兽状。

小三子恨死鼻梁上的眼镜。他怎么觉得它这么像一条长绳，一头拴着母亲一头拴着他们。被圈在中间、被紧紧勒着顺不过气来的只有他自己。他读小说的时候读到"孤立"一词，便疑心自己是不是被孤立了。可母亲说这叫独立，只是差了一个字儿，意思差不了哪去。母亲就是独立的女人，她生下小三子之后和小三子的父亲离婚，一个人，独立地把小三子拉扯大。她深以为，这俩词绝不是仅差着一个字，它们的含义根根系系交叉联系在一起。当年娘家人因为她的婚事和她断绝关系，她和小三子吃不上饭时也不肯接济。好在她熬过来了，她一个女人，孤立又独立地把小三子养大了。在她看来，这俩词无论哪一个都能被当成勋章，闪闪发亮地被佩在胸前甚至顶在头顶上。

入夏后雨水密集起来。小三子时常上着课嗅到刮过鼻尖的风混着明显的土腥味。他坐在最后一排，不是因为个头高，座次是按考试成绩排的，考一次排一次。以前小三子满心期盼着可以调去倒数第二排，可以有一个同桌，互相借橡皮，考试互相做小抄。不要女生，女生太事儿，男生最好。

可他始终没遂了这愿望。每次考后全班大调座，班主任指挥所有学生在走廊里排队，她大手一挥，闹闹哄哄的队伍立马安静下来，她大手再一挥，这次是针对好容易在课桌和墙壁间挤出来的小三子："周子赫同学就不用出来了，对，你还坐那儿，你的成绩没变化。"

小三子缩在自个儿的座位上眼睁睁看着班主任老师对照成绩单给学生指定座位。多是男生和男生，女生和女生，男女混着坐不妥，违背她"多学少事"的原则，要就近微调。小三子是最后一排的专业户，小三子没同桌，小三子看着他们调位心里就疙疙瘩瘩的。他恨死了那一句"对，你还坐那儿，你的成绩没变化"。

好在最后一排距离吊灯的开关最近，整个教室的光亮都由小三子控制。特别在此时，下雨，教室里外一般黑。他从课桌和墙壁间的缝隙里挤出来，走几步去拧吊灯开关。小三子伸脖子瞧了瞧窗外的雨势，捎带看了一眼讲课的蓝老师，她站在吊灯的正下方，皮肤白得吓人。光照到课本上，她抬头看了小三子两眼，没说什么。

小三子喜欢这样的时刻，仿佛拥有某种特权。全班同学都在听课，独他，可以迈着四方步去扭开关，再迈着四方步踱回座位。老师看见了不会说他，心情好兴许还表扬他，说他"心里有班级"，说他"知道为班级做贡献"。

蓝老师是新来的，学生打扮，比他们大不了几岁，讲起课来却老练，一个字儿一个字儿咬得异常清晰，跟崩豆子无二。她有洒香水的习惯，随身的皮包、手帕都是香的，经她手批改过的作业本都会沾上味道。小三子对这味道着迷，进而从心里对她产生好感。在走廊里撞见蓝老师，必定要走到她跟前，毕恭毕敬地叫一声"老师好"。

小三子用右眼注意到每次打招呼蓝老师都表现得受宠若惊，她和别的老师不一样，小三子心想。

雨停了，路上有积水，走起路来"呱唧呱唧"的。书包带不知怎么断了，他猜兴许是趁他上厕所时，他们剪的。他们早就不带他玩了，他们烦小三子的母亲，捎带脚烦他，让他不是没了橡皮就是没了尺子。他们不敢明着做，毕竟隔着小三子的母亲，他们怕她。他们碰见她就立马散去，事先演练过还是怎么，动作之一致行动之迅速叫人咋舌。

小三子拎着长书包，在拐角看见蓝老师一人站在车牌下等公交车。她穿着白裙子，逆着风裙摆摇晃得厉害。她捏着手机，一下一下按着键盘。小三子看得有些呆，前两天他和母亲看电视里电影节的颁奖典礼，出席的女明星个个穿裙子，窄口，走路时用手指浅浅地捏着。只是电影节上没风，若搭配上风，和风，裙口小小的摇晃，再要她们人手一部手机，那样子，跟等车的蓝老师一模一样。

小三子破天荒不想跑到她跟前给她打招呼了，他这样子，实在狼狈得很。他蹑手蹑脚地从她身后溜过去，猛抽了一下鼻子。还是香，他嗅不出是什么味道，再美的花也不能有这样的香气。

小三子一溜烟儿跑了，他真怕自己为了那一缕香味拎着长书包去给蓝老师问好。

书包背着时恰盖住小三子的屁股，拎它时它挣着小三子的身子直往一边倒。传达室的门四敞大开，里面的摆设几十年如一日，似乎从没打扫过，黑座椅黑书桌黑板凳，连插报的小箱都是黑的。这不用打扫，灰掉上去显不出影来，看不出脏。

看门的老头有面瘫，患病几十年，这两年似乎愈来愈严重。传说是他睡觉时从不关窗，脸正对着窗户，一年一年的风就把他的眼睛嘴巴吹歪了；另一个版本是他小时候给地主家做活，被监工狠命往地上抽的鞭子吓成面瘫。

怕是散光程度又加深了，小三子在满墙爬山虎葱葱绿绿的叶子中看出一个人形来。他低下头在水洼中使劲看了看自己的脸，镜片后的右眼使劲转了几圈，再看时人形从绿色的爬山虎里钻出来了。来人眼口鼻无一摆在常人该在的位置。小三子看了半天，看不出老头是在笑还是在生气，嘴咧着，一张脸拧巴得很。看他的眼时小三子确定他在笑。虽然面部扭曲，但生气和笑时眼神截然不同。笑时眼睛里有一种神采，特别在这样阴沉的天气，这种神采跟几百瓦的灯泡营造的效果一模一样。

"你是……周……周……"老头大张嘴半天，憋不出后边的俩字。

"子赫。"小三子替他答。

"哦，对，周什么赫的，有你一封信。"老头放下手里修整叶子的剪刀，从黑色的信箱里扒翻半天，找出一封黄色的信，一张脸笑得更扭曲，"给，你的。"

寄信人是周炜。

周炜——小三子的脑子里反复蹦跶这俩字。信很薄，对着太阳光看不出里面写的什么。"去屋里坐一会儿吧。"老头突然邀请。

"不了不了，我妈做好饭了，等着我呢。"小三子嘴里说着，撒开俩脚板"呼呼"地往家跑，长书包猛烈地敲打脚踝。来不及跳过的坑洼就一脚踏进去，水花四溅，裤腿脚沾满了泥。

"妈，妈，我这有信，"小三子在楼道里喊，"有信啊……周……周炜的信。"话头在中间一瞬间刹住，他猛然想起母亲最忌讳的那俩字，即使他那么愿意大声把它们喊出来，临了只能用"周炜"代替。可他说出"周炜"时候，连自己都感觉陌生。

母亲意料中的平静，甚至不耐烦。"知道了知道了。"她应，拿过信来扔进梳妆盒。

"不打开吗？"小三子惊奇地问。

"不！"母亲说，声音斩钉截铁，末了添一句，"你也不许打开。"

小三子看着那封信，忽然剧烈咳嗽起来。他觉得"周炜"这俩字儿格外生涩和难听，他怎么能直呼"周炜"呢，应该叫"爸爸"才对啊。

睡到半夜小三子醒了，迷迷糊糊不知从哪把书包抓到手里。摸索半天摸到了断的带子，心里一个激灵，猛然清醒了。

他寻思该拿这包怎么办，总之不能告诉母亲是被他们剪的。母亲火大，爱生气，一动气嘴上就起燎泡，从嘴唇起到嘴角。小三子害怕母亲捋捋袖子蹬上高跟鞋就和一帮半大小子算账去。他更不能把这事揽到自己身上，母亲一瞪眼他就瘫了，全身软得不行。

最终小三子决定用胶水和纸带把断的地儿糊起来，逢见母亲他就单肩背包，上放学可以用手拎。他觉得这是一个好办法。没敢开灯，在窗前就着天上的月亮光和路上的街灯，把纸带黏到书包带上。满手都是浆糊的味道，困得不行，小三子把俩手摆在胸前，仰着脸儿睡过去。

他做梦了。这梦太长第二天头昏得厉害。小三子赤条条地坐在床上用心地发了一会呆，昨晚的梦一段一段浮到脑海里。他梦见自己不戴眼镜了，视力好得很，他和他们一起跑，在学校的楼道里窜上跳下，没有人限制他，连班主任和教导主任都不管，所有人都为他让路；他有同位了，且不坐在最后一排，可他仍是自由的，上课踱着方步去给班里开灯，讲台上是新来的蓝老师，隔着那么远他还能嗅到她身上的香水味，一千种花一万种花混在一起也调不出来的香气；他最后梦见了周炜，他的出现一点也不让小三子吃惊，他觉得周炜就必须在这场梦里出现，没有原因。只是小三子犯难了，不知该称他"周炜"还是"爸爸"，索性在心里，就叫他男人吧。

男人还是临走时的样子，身上的衣服也是离开家时的那件。他笑，眼神很温柔。他说："三子，给你的信你收到了吗？"

"收到了。"小三子答，并且点头。"可是……让妈妈拿走了。"

男人看了一眼远方，"哎，你妈这个女人啊……"他说到半截不说了。小三子忽然有强烈的听下去的愿望，他想知道母亲这个女人到底怎么了。

可男人保持眺望远方的姿势凝固不动，小三子急了，"你回来吗？你已经三年没来看我了，我现在都上初中了。妈妈不告诉我你的地址，不告诉我你的新号码。你回来吧，求求你回来吧，我想你了。"

"小三子，等你上了大学，还有六年，爸爸……"他一定还要对小三子应允什么，小三子把耳朵直直地竖起来。他的声音丝丝缕缕，像风在低鸣。"回来"两个字终于明明白白地从他嘴里吐了出来，他也终于成了一塑雕像，安静地伫立在小三子的梦境里。

"醒醒吧，你。"小三子揉揉被哈欠和眼泪黏在一起的眼睛，"那只是一场梦。"

又到了复查眼睛的日子。胖女人给小三子测完视力，把身子紧紧地缩在椅子上，书写检查结果的右手，有五个圆圆的窝深深陷进去。小三子一眼看出来，她的胳膊是敛着的，尽管手臂上的肉像水一样摇晃，但从远处看，整个人确实小了一轮。

"我说周子赫，"胖女人打量着单子上的姓名，"你是不是实验一中的？你的老师是不是有个叫蓝婷的？"

小三子的眼前顿时浮现出那个黄昏的车站，捏着手机打字的蓝老师。那个在教室的灯光下给他们读课文的身影，她动听的声音随着脑后乌黑的马尾的甩动把教室的边边角角都填满。于是想也未想脱口而出："对呀，胖阿姨，你认识蓝老师？"

母亲着急忙慌来捂他的嘴，但手的动作赶不上声音快。女人显然对"胖"字早已做好准备，然而听到还是一愣，肩头兀自耸动，"当然，当然认识。"

胖而厚的手抒平小三子的单子。母亲的手伸到他屁股上，捏起一大块肉刚要用力，他才做好"嗷嗷"喊疼的准备。"蓝婷是我女儿。"女人漫不经心地说了出来，目光从母亲的脸上继而跳到小三子脸上，"去交钱吧。"

胖胖的手在半空悬着，被抚平的单子直接指向小三子的方向。母亲不接，小三子接了。小三子给母亲，屁股上的那一大块肉被松开了。母亲还是不接。母亲低着头，嘴角抿得紧紧的，像是学生认错的样子，不知是对小三子，还是对胖女人。

"你们蓝老师会给你小鞋穿。"当然母亲不会对小三子说这种话，母亲对小三说的话直截了当："你会被你们蓝老师整得很惨。"

小三子被打死也不会相信母亲说的话，蓝老师，那样温柔漂亮，窄窄的裙口，不论走到哪里都像电影明星一样吸引眼光，怎么会整他呢？况且，他每天单肩背书包，从学校甩到家里，母亲怀疑的话没问过他一句，他高兴还来不及，又怎么会去思索被整不被整。

母亲担心的事终于发生了。

这晚小三子写作业直到深夜，这不正常，小三子母亲告诉自己。平时小三子吃完晚饭就喊困，写会儿作业，八点半、至多九点就能上床睡觉。母亲走过去看他在忙啥，他着急忙慌地往抽屉里塞本子没能逃过母亲的眼，母亲的手也比他快，一把抢过来。作业本写满二十好几页，每页上的内容都是一样的。小三子一上初中学的语文课文，一字不差地抄了这么些遍。

"说，是不是你们那个姓蓝的老师叫你抄的？"母亲盯着本子，又盯着小三子的眼睛，目光黏在小三子的脸上了。

"我……"小三子被那一对霎时直立起来的瞳仁吓得慌了神。他真的不愿意回想那个场景：他站在老师的跟前，她的桌上摊着正在批改的作业本，一瓶淡绿色的香水使他身处的整个空间都是香的。他才明白，蓝老师满身香气原来来自这儿。而他终于犹犹豫豫地开口："蓝老师……"

"周子赫，"蓝老师拉住他的手，"老师都听说了，你为什么对老师的妈妈这么不尊重？你一直说她胖、胖，你为什么这样说，你知道这多伤人么？"

"蓝老师，我……"

"周子赫，你知道我妈妈多伤心吗？啊，知道她多生气吗？"她的手攥住小三子细细的手，小三子感觉全身像过电一样。

"去，回去把第一篇语文课文抄二十遍，明天交，记住，一遍都不能落……"

第二天放学，母亲在学校门口等小三子。母亲拉住小三子的手，折回学校，一路气势汹汹地穿过操场，在教学楼里顺着指示牌找到教师办公室。等小三子反应过来，办公室的门已被母亲一把推开。

蓝老师的办公桌正对着办公室门，她看向小三子母子。先是盯着瘦高的母亲看了一会儿，眼光很有深意地在小三子脸上停留。"请问您找哪位？"

"我找蓝婷。"母亲仰着脸,"我想问问蓝老师,孩子一句话不合适,犯得着叫他抄课文抄二十遍,抄一晚上不睡觉吗?"

"我是蓝婷,"蓝老师站起来,语气不卑不亢,"子赫妈妈,您有没有问清楚,我怎么会做罚抄这样没意义的事?您问问周子赫,是不是他自己想抄课文?想提高成绩当一个好学生?"

说完她四顾办公室里的其他老师,得到一片啧啧的支持之声。

母亲鼻中气哼,显然料到年轻的女老师一定会出这一招,干脆把小三子往身前一拉:"罚没罚抄,咱们谁说了都不算,只有孩子自己说了算。来,周子赫,你说,是不是蓝老师罚你抄了二十遍课文?"

小三子感到自己被推到舞台上,周围那么多双眼睛像探照灯一样投向他,热得他快要出汗了。这其中既有母亲把他的周身几乎点燃的滚烫的目光,又有蓝老师黑漆漆的、像一口井一样闪烁着神秘莫测的光芒的目光。

是的,这一刻的蓝老师回到了从前。她又变成那个听到学生打招呼都会表现得受宠若惊的女孩,这一刻,仿佛蓝老师的命运就掌握在小三子手里。那么多双眼睛齐齐盯向他,只等他做最后的判决。

"周子赫同学,老师没有罚你吧?"蓝老师的声音仿佛从遥远的地方响起来,像一只温柔的小手,轻轻抚摸他的脸颊。

小三子不知为什么,忽然哭了起来:"没有没有,老师没有罚我。就算罚我抄写也是为我好……妈,我们回家吧……"

气氛立刻变得轻松起来,老师们各自坐回自己的位置。蓝老师抱着肩膀笑起来,对着母亲,一副"我早就说过是这样的吧"的表情。

小三子还在哭,抽噎的身体站不稳。母亲低下头,拉了他一把,他不走。

母亲往办公室深深地看了一眼,头也不回地走了。小三子边擦眼泪,边跌跌撞撞地跟上去。

母亲在前面大步疾疾地走,小三子擦着眼泪努力跟。母亲一句训斥的话也不对小三子喊,甚至过马路都不回头顾他。

走到大院门口，看门的面瘫老头出来倒水。瞧见母亲，吆喝母亲拿信。

"谁的？"母亲皱着眉头问。

"叫什么周炜的，"老头看了一眼抽抽嗒嗒的小三子："给你儿子的。"

"好，拿来。"母亲几乎是把信夺到手里，小三子擦干净手上的眼泪鼻涕，想接。母亲忽然狠命撕扯起信件来，褐色的信封撕成两半，白色的信纸立刻被扯成无数片碎纸。

"妈，别撕，别撕！"小三子歇斯底里地喊叫。

"什么别撕，"母亲的手一刻都不肯停下来，"周子赫你记住，周炜不会回来了，永远都不会回来了。我把他寄给你的信全烧了，以后只有我们娘俩在一起，我们要好好活，我们会活得比谁都好！"

母亲的泪忽然从眼眶里涌出来，猝不及防，看呆了的小三子与口歪眼斜的老头面面相觑。撕毁的信件被母亲稳稳扔进垃圾桶，"我们回家。"声音斩钉截铁。

小三子忘了哭，母亲瘦高的身影挡在他前面。他忽然意识到，周炜离开他们的这些年，无论在何时何地，母亲一直都站在他前面，又是离他最近的地方。

"不进屋坐坐啦？"老头子对那母子俩远远地喊，模糊不清，想必他们都没听见，径直走进楼道里。夕阳照在他五官错位的脸上，重重地叹了一口气。

转天蓝老师仍是那个温柔可人的姑娘。

晴朗明媚的天忽然又阴了，她让同学们齐读课文，走到窗子边，发现小雨又开始下起来。

"老师，太暗了，看不清。"附近的学生拽拽她的衣袖。

"后面的同学开一下灯。"她的声音隔着重重叠叠的读课文声喊过去。前面几排不读了，等着灯被打开。

一分钟后灯仍旧暗着，蓝老师有点不耐烦，"后面的同学，最后面的同学开一下灯！"这次声音大了，整个班都静了下来。

于是所有人都看向最后面的同学，包括单薄的蓝老师，包括曾经欺负他的几个男孩子。小三子站起来，冲全班欠欠身子，"请蓝老师叫我的大名，"顿了顿，"我叫周子赫。"

他走过去拧开吊灯的开关，一整片白得令人盲的光彩，照亮了整个教室。

作者简介
FEIYANG

　　王天宁，山东济南人。13 岁起在《儿童文学》发表小说，至今已在《美文》《青年文学》《萌芽》《中国校园文学》《少年文艺（江苏）》《读友》《巨人》等各类文学杂志发表小说、散文近 70 篇。有多篇文章入选《盛开》《飞扬》等出版的文集。(获第十一届新概念作文大赛二等奖，第十三届新概念作文大赛二等奖，第十四届新概念作文大赛二等奖)

少年之王  ◎文/木楠

一

　　王果是我们这一堆孩子的孩子王。要当孩子王必须具备几个条件：第一要体格魁梧，像我这么瘦弱的就不行，万一打起架来肯定要丢脸；第二要有威信，震得住人，这就是比王果还要强壮的阿三当不了孩子王的原因，这人从小就胆小；第三，孩子王基本都是男生，也有个别是女生，这样的女生长大后不是太抢手就是太滞销，所以像小婷和小雪这么平凡的女生是没有机会当孩子王的。除此之外，孩子王还要懂得笼络人心。

　　王果用来笼络我们的是他爷爷的果园，那个果园的果树品种多到上了二年级的王洁掰着手指都数不清楚的地步。王洁是王果的表弟，我们都知道他的智力有点问题，不和他玩，但后来看在王果和王果带来的水果的份上，我们才渐渐地和他玩。

　　我们这群孩子算是个大群体，一条街的孩子有一半是我们的人，剩下的一半分成了五个团体，在我们眼里他们就是乌合之众，我们自己是装备精良的正规军。因此，按照我们从古装剧里得来的认识，他们是应该向我们朝贡的。王果第一次带着我们到隔壁区征收到的贡品是一个篮球，那个篮球有点旧，但是之后陪了我们很久才坏掉。

那天王果很高兴，就给我们一人发了两个橘子。

他给我们的橘子是从他爷爷那个远近闻名的果园里偷来的。他爷爷很凶，曾经把一个闯进果园里偷水果的贼的一条腿打断了，后来他就在果园里散养了三条狼狗，从此小偷再也不敢上门。但他爷爷的水果还是经常被偷。因为那些狼狗很听王果的话，还为他放哨。但王果还是被抓住了一回，那天他听到狼狗叫就迅速提起装水果的袋子翻围墙逃跑，却没想到他爷爷在围墙下等着他。

据说那次王果被打得很惨，具体情况我们不知道，只知道他好几天没来上课。后来再看到他的时候我们都尽力在他身上找伤痕，无奈能看到的地方都完好无损，然后他小声到告诉我们，我爷爷狠着呢，对着一处就是一顿狠打，我现在都还疼呢。小婷问到底打哪了，王果凶凶地说，女孩子家家的，问那么多干嘛？然后小婷就哭了，再然后我们轮流去哄她开心。

为此我们有很长一段时间没有吃上水果。但后来我们又能吃上水果了，这归功于我。我那个时候脑子特别好使，是王果的御用军师，大多数的主意都是我给出的。在我们吃不上水果的那段日子我去学了象棋，而且学得很精。后来王果再要去偷水果时就叫上我，我去找他爷爷下棋，他趁机对水果下手。他爷爷很要强，觉得老是下不过一个孩子是件很丢脸的事，于是在冬天没有水果可偷时他就主动来我家下棋。为此我苦恼了一个冬天。

之后王果有了一个在整条街上都叫得响的名号，那个名号是我想出来的，叫做水果之王。有了这个名号我们去征收贡品时就容易多了，对方总是满脸巴结地拿出贡品然后笑嘻嘻地问能不能给他们一些水果。王果总是很豪爽地答应，但我觉得这样把"赋贡"搞成了"互市"有点划不来，但想想是他家的水果就没有再说什么。

冬天不能用水果笼络我们的时候，他就带我们去镇外的河钓河鲜。冬天钓河鲜实在不是个好主意，又冷又不好钓。一大群人忙活了半天才钓到了很少的鱼虾，然后就地做成烧烤，这个时候王果就会很义气地说，你们吃吧，我是大哥，让给你们了。然后大家就会很感激并且崇拜他。其实这也是我的主意，因为夏天的话就会钓到很多，就显示不出他"患难见真情"的义气了。

二

王果做过的最让我们钦佩的事情发生在我们五年级的时候。那天下午他坐在二楼窗台上玩蜡烛，结果蜡烛掉下去引燃了晾在那里的一大堆衣服。然后他从窗上跳下去，端起一盆洗了衣服还没倒掉的水把火泼灭了。这整个过程都被住在隔壁的我看在眼里，于是我神情激动地四处奔走为他做宣传。那个年代我们还没有接触到蜘蛛侠、钢铁侠，只能按照战争片里英雄牺牲的场面改造王果的真实故事然后讲给别人听。不久王果的名声就远播到了小镇的各个角落，所有的孩子都知道了有个叫做王果的英雄住在咱们小镇上。

这件事情产生了众多的结果。第一是王果被他爸打了一顿，伤势不轻。然后是我们声名大振，吸收了很多新的成员。接着是另一个孩子王为了成名仿效王果，结果把自己的腿摔伤了。

那之后我们这个群体就有了自己的名字。那时的电影里最牛的部队往往叫"ＸＸ独立团"，而大部队只是来收拾战场的。最终讨论之后叫做水果之王独立团，大伙一致觉得很气派。

团长毫无疑问是王果，我做了真正的军师，然后是数不清的连长排长班长，数到最后没有一个战士。王果说，不要紧，等我们招到了新人之后就让他们做战士。

之后就有了三十多个孩子排成方队去上学的事。王果领队走在最前面，跟着是我，旁边是我们的助手小婷和小雪，然后是大部队。一开始有人会停下来注视我们，慢慢地大家都习惯了。渐渐地我们也觉得无聊了，于是就散了，还是各自上学的方便。

三

春天过得很快，在立夏前一天王果有了第一个梦想，环游世界。一开始是这样的，某一天，不知道哪个见多识广的老人说，我们镇外的那条河流最终流向大海。王果听说之后有了第一步设想：我们自己造一艘船去看大海。接着所有人都兴奋了，围绕要带什么东西展开了激烈的讨论。讨论有了重大突破我们才发现没有讨论怎么造船，于是大部分人的热情瞬间冷却。

有人提议弄艘现成的船，比如阿三家放在水库上的那艘船就够大。王果说这是个好主意，大伙有意见没有？众答：没有。王果转头问阿三，你呢？阿三一听就哭着跑了。最后王果说，刚才先礼了，晚上后兵，我今天晚上就去借船，你们准备好东西听我号令，听到了就出来和我会合。

那天晚上想着要离家了我还伤心了好一阵呢，就一个人坐在床上等王果的号令，等着等着就睡着了。第二天天亮我又伤心了，想别的孩子都走了就把我一个人留在这里，我要怎么办啊怎么办。然后出门，发现大家都等在王果家门口。其中一个知情的说，听说王果昨天晚上去，被等在那里的阿三他爸抓了个正着的，然后被送回家挨了一顿毒打。我说不可能，我什么都没听到。他说你知道什么呀，他爸打他都是塞住了嘴巴再打。

王果为了表达没有实现对我们的许诺的愧疚之情，再一次冒着挨打的危险偷了很多樱桃给我们。但当他问还有谁愿意跟他去看大海时，所有人都沉默了。最后他说，你们不去，那我一个人去，我做条独木船环游世界去。

后来他就失踪了很长时间，准确说是一放学就不见了踪影，别人问他他也不说。但是我知道他在哪里。有一天下午他神秘兮兮地拉住我就往镇外跑，最后跑到河边一个很大的竹林里。他用木棍刨开一堆竹叶，然后一根很大的木头和很多工具就呈现在我眼前。我问他在哪里弄到这么大的树的，他笑了笑却不回答。

他说，木头我弄得差不多了，但我不会掏，你聪明，想一想要怎么掏出合适的形状。我说我也不知道，得回去画示意图。然后我们把那根木头埋了回家查资料。

我查阅了《鲁滨逊漂流记》和一些绘图课本之后画了幅草图交给王果，他说多谢，等我环游世界回来它就是你的了。

整个暑假王果都在做他的独木船，我偶尔也去看看他，独木船的进度虽然很慢，但是也快要完成了。

我们这群孩子过了很长一段群龙无首的生活，但看在我们人多的份上，也没有别的孩子敢来抢我们的地盘。但是他们陆续盗版了我们的名号，比如蔬菜之王独立纵队之类的如雨后春笋般蹦出来，这让我们感觉到愤怒却又无可奈何。

开学不久王果再一次神秘兮兮地把我往那个竹林拉，他说，成啦成啦，我的独木船做好了。那艘独木船神气地躺在那里，虽然样子不好看，也比较粗糙。我对这艘船赞美了很久之后说道，那你打算什么时候出发呢？他说，我还要再准备些东西。

说着他坐了进去，两脚放平前伸，然后一手抓一块乒乓球拍做划水的样子。接着他指着脚边的槽说，这里放伸缩鱼竿和别的东西。然后他吃力地爬出来，指着船尾说，我还要套个大卡车的内胎在这里，这样船就不会沉了。

那天傍晚我觉得王果越来越像个英雄了，但他对我说了，这件事要保密。于是我想，在王果去环游世界所有人找他找疯了的时候，就只有我一个人知道这个英雄在哪里，这是多么光荣的事啊。

王果最终没有走成。每年9月都有几场暴雨，像是把一整年的雨一次性下光一样。那两天学校通知放假不上课，据说学校的操场已经淹了半米高。我在家里看漫画，王果跑来找我，他一身湿透地站在我面前神情激动地说，我找到大卡车的内胎了，把船尾稍微削细就能够套上去了。我说，真的吗？那你是不是要走了？他说，是的，天一晴就走，我还要带把伞。

然而两天后的周末他一脸沮丧地来找我，我说怎么了？他阴着脸什么话也不说，转身向河边走去，我跟着他。到了之后我傻眼了，大雨冲走了竹林里堆积的落叶，顺带也冲走了王果的独木船。他捡起一块石头往升了好多的河里扔，然后他就蹲下去哭了。那是我第一次看到他哭。

四

王果的爷爷就是在那个秋天病逝的，他死了之后果园就成了王果他爸的。那几天王果一直在和他爸爸吵架，因为他爸想把果园转让出去，王果不让。我听见王叔叔大吼：不转让出去谁来看果园？我和你妈都要上班，果园你看啊？！接着就是王果大叫，我看就我看！反正不准把果园转让出去！然后又是一阵鸡飞狗跳。

一个星期之后王叔叔还是把果园转让出去了，连那三条狗也卖给了别人。为此王果绝食两天，两天之后他正常吃饭正常上学，只是行为变得越来越古怪。那以后我们都不太敢和他说话，他老是阴着脸什么话也不说什么事也不做，一个人盯着某处就是很久。

后来出了很多事情，让我们越来越不认识他。

首先是另一堆孩子占用了我们的名号，原因是他们的孩子王的爸爸买下了那个果园。王果去找他们理论，结果打了起来。王果之前从来没有真正打过架，只是偶尔和我们打着玩。但那一次他发了狠，打掉了一个孩子的门牙，还把另一个孩子的脸打肿了。那两个孩子的家长找上门，王果再一次被他爸打了，但这次不同，他还了手。

那帮孩子见了我们就很不客气，他们说，你们现在不准叫水果之王独立团，我们才是。

很快发生了另一件事，这件事让所有人都觉得不可思议。

王果被一辆车带走了，说是带到青少年教育中心去接受教育。然后才慢慢地听说了一些事。王果跑进果园里把树苗和果子砸了个稀烂，还企图毒死阿三家养在水库里的鱼。

半个月之后他回来了，但我们都躲着他。不久他爸就把他带到外地去读书了。

后来听到关于他的谈论，说是已经变得很沉默，但行为已经正常了。

不久我小学毕业，告别了我的童年时代。我再也没有见过王果，只是偶尔想起他，他似乎在说，我才是水果之王。

作者简介
FEIYANG

木楠，真名李伟菘，90后作者，曾在《格言》《美文》《中学生百科》《课堂内外》《中学生》《小溪流》《疯狂阅读》等杂志发表数十篇作品。（获第十四届新概念作文大赛二等奖）

表弟  ◎文/陆俊文

"关关雎鸠，在河之洲。窈窕淑女，君子好述。"

"表哥，光光蜘蛛为什么会在河吃粥呢？"表弟扯了扯我的袖子打断我深情的诵读。

"你懂什么，这是《诗经》，几千年前的人写的东西。"我一脸不耐烦地看着他。

"几千年前的人用湿巾写字吗？"

我没有回答他，甚至不想再看到他张着那双无辜的眼睛。

　　表弟名叫王小明，名字据说是他死去的父亲取的，我约莫着他爹是个没有什么文化的人，这个年代哪还有人取个名字叫"小什么"的。他母亲是我母亲的妹妹，可她们两个长得一点也不像，我母亲高挑而有气质，而他母亲却矮小瘦弱，看起来干巴巴的一个人。我和他长得就更不像了，他脸上长满了一粒粒黑色的印子，他们班的同学都叫他王麻子，甚至老师也不阻止，任凭大家这么叫着，叫到后面就没人记得他真名叫什么了。这个外表什么还是次要的，内涵才是关键，我们虽然只差两岁，但在智商上的差距已经横跨了两颗行星。

　　他被人叫王麻子的时候不但不生气，还笑盈盈地挠着脑袋，并且露出了他那颗漏风的门牙。也不知道是他

太顽皮了爬到树上摔下来给磕掉了门牙，还是叫同学欺负了把门牙撞没了，总之他自己也记不清楚，反正门牙是糊里糊涂就没了。

他的那些同学见他笑起来时露出的牙齿与众不同，特别的滑稽，于是就命令他笑。他也很认真地笑着，一直笑到张不开嘴。可是呢他同学还想看他的牙齿，甚至更多隔壁班的人也挤过来看这个奇怪的东西。

"王麻子你赶快笑，信不信我打你。"一个手臂壮硕肚子圆滚滚的同学挺身而出，他一定觉得他现在像极了打虎的武松。弟弟使劲咧开嘴，但他还是没笑出来。

"好啊你个王麻子，你居然敢不笑，看我怎么打你。"还是那个圆肚子的同学面红耳赤地大叫着，他伸出来肉墩墩的手在我表弟面前晃啊晃啊。

"别打他脸，他脸上全是麻子，摸上去会传染的。"

这话一出来，围成圈的人又往外张开了，圆肚子的手瞄准了表弟的大腿。

"说不定他衣服里面全是麻子。"

圆肚子一听，当英雄的锐气瞬间煞了一半，他缓缓退后两步，往我表弟脸上吐了口水："你脸上全是麻子，那你爸爸脸上也一定都是麻子。"

"对，你爸爸脸上都是麻子。"

"你爸满脸麻子。"

……

大伙达成了一致的论调，乱哄哄地喊着。

"我爸他不是麻子，我妈妈说我爸爸可帅了。"

"那你倒是把你爸叫过来看看他是不是麻子啊？"

表弟不说话了，他怎么知道去哪里把爸爸叫出来，他倒还想见他爸爸呢。

放学以后表弟一路跑回家，一进门就翻箱倒柜起来。他是在找他爸爸的照片，他从抽屉里翻出好多张黑白照片，可是有好多个男人，究竟哪一个是他爸爸呢？他还在一张张慢慢看的时候，他母亲回来了，看到家里东西乱堆了一地，又看到表弟在桌子前翻东西，不禁恼羞成怒，问都没问便拿起衣架往表弟身上打。

后来表弟来找我，他央求着要我把事情听完，他把别人怎么围起来叫他笑的事情说得栩栩如生，甚至一点悲伤的情绪都没有，仿佛别人不是在欺负他，他也是个旁观者一样。在这点上，我终于承认这个表弟是稍微比我有优势的了，至少他会讲故事。而故事讲完了，他又开始缠着问我："我爸爸脸上究竟有没有麻子呢？"我说我怎么知道，你爸在的时候我才几岁啊。他依旧是不依不饶地发问，问了一整个夏天。

后来到了冬天，他母亲辞掉了原来服务员的工作，在街边摆起了牛杂摊子，开在学校的不远处。我们那片的学校基本上是连在一块的，从小学上到高中你会发现你连同班同学都没怎么换。我上初中的时候，表弟也在屁颠屁颠读着小学五年级了。

南方的冬天倒是不怎么冷，可风一刮，还是让你颤颤巍巍的。表弟又开始穿起了他那件数年不换的灰色毛衣，他说那是他爸爸留下来的，妈妈每年都把毛线拆了按他的体型重新给他织一件。他每次穿这件毛衣的时候也总是很宝贝。可是有一天他把毛衣换下来放在座位上，出去上了趟厕所，一回来毛衣就不见了。他翻了书包，又翻了抽屉，然后怯生生问旁边两个女生，都没有人搭理他。他鼓起了勇气，从教室的第一桌一直走到最后一桌，一个一个人问过去，大家都像没看到他一样继续忙自己的，不过还是有几个带着眼镜的女生对他摇摇头。上课铃响了，老师走进来，看到表弟站在教室后面穿着单薄的秋衣愣头愣脑站着。老师让他回座位上坐着，他恍了神四处张望着毛衣，似乎没注意到老师在叫他。"王小明，你站在后面干什么呢，快回去坐好。"老师边说边朝表弟走去。

"老师,我毛衣不见了。"

"赶快回去坐好,别影响我上课。"表弟低着头往自己的位子走去,全班一阵哄笑。

表弟那整个早上一直惦记着他那件破旧的毛衣,都没怎么听课。后来放学的时候他经过阳台,看到有半件毛衣悬挂在栏杆上,还有好多根长长的搅在一起的毛线。他把毛衣装在书包里带回家,然后告诉妈妈说自己跑步不小心摔倒了把毛线刮到什么地方给扯了出来。他妈妈怎么对他他倒是没和我说,我只知道他自己开始念叨起来:"是不是我对大家不好呢,大家才会不喜欢我?"我还没有回答他他便自己把话接了上去:"我知道了。"

他的知道,便是在放学回家的路上请同学到他妈妈那里去吃牛杂。那些同学一个个狼吞虎咽毫不客气,一下就把那里扫荡得精光。表弟看到他同学心满意足地回去便开心地笑了。第二天来学校的时候那些同学围着表弟说放学还要去吃,表弟有些为难,他当然知道要是把牛杂都给同学吃了,妈妈就赚不了钱了。表弟摇摇头,他们立即变了脸色。

"你知道王麻子他脸上为什么这么多麻子吗?"

"为什么呀?"

"我告诉你们,他妈妈是卖牛杂的,他天天吃牛杂脸上长了麻子,他想让我们也像他那样长麻子,所以他昨天才带我们去吃牛杂的。"

"怎么这样啊,王麻子真可恶啊。"

大家围在一起你一句我一句把表弟臭骂了一顿。

表弟哭丧着脸把事情告诉我,我无法理解他们的思维,我也不知道该怎么安慰他。总之,没过多久他就把这事忘了。

表弟读书不用功,小学毕业的时候上初中被分到了C班。可是,表弟发现这班里一半的人都是他的小学同学。他们仍旧"王麻子""王麻子"地叫他,没多久就全班都这么叫他了。

开学不久就迎来了运动会,有一个五千米的项目没有人报,突然有人提议让表弟去跑,大家全都举手赞成。表弟推脱不掉只好老老实实地去跑。比赛那天，其他班的同学都在一旁帮运动员们助威，只有表弟是孤零零一个人跑完了全程，虽然没拿到名次，但至少是跑下来了。跑完五千米表弟便累得要趴下了，班里的同学不知道都上哪去了。突然有个女同学把表弟扶了起来，问他："你是王小明吗？"表弟点点头，那女生带着他慢慢走到场外休息，还给他倒了水。

表弟问她："你叫什么名字呢？"

"我叫赵小蕙。"女生比表弟还羞怯。

表弟告诉我，那个女生脸上有块很大的疤，几乎要遮掉半边脸了，也有可能是胎记，反正搁在脸上怪难看的。同学们也不怎么理她，甚至有些排斥她。表弟越说越可怜起那女生。我有些搞不明白，为什么表弟不先可怜一下他自己呢？后来表弟带那女生去他妈妈那儿吃牛杂，两个人拿着几串牛杂边走边聊着回去了。表弟居然像个男子汉一般把女生送回家，这让我多少有些惊奇，难道他也开窍了吗？

表弟跟那个叫赵小蕙的女生越来越好，甚至把人家家底都打听得一清二楚。赵小蕙的妈妈是单位里的保洁员，爸爸在街道的拐角摆了个小摊子帮人补鞋裁裤子什么的，听说手艺还挺好。表弟提到赵小蕙的时候跟我用了"惺惺相惜"这个词，我甚至不知道他是从哪学来的。我开始想，是不是他的智商在经过爱情的洗礼后大大增加了。

反正也挺好。这段日子，自从他认识了赵小蕙，就不怎么烦着我了。我也倒图了个清静。

可是有一天，表弟突然又来找我了。他说他想学篮球。我问他为什么呀？他说他想长高，而且女生都喜欢打篮球的男生。

"那你不会打篮球赵小蕙还不一样跟你交朋友吗？"

"不是赵小蕙。"

我好奇地问他："那是谁啊？"

表弟吞吞吐吐地告诉我，他喜欢上他们班班长了，是一个叫郭洁的女生。

"那赵小蕙呢？"

"她成绩下降被分到 D 班去了。"

我突然无话可说了。

表弟又兀自说起来："表哥，你说郭洁是不是喜欢我呢？她居然跟老师推荐我当劳动委员，这可是多么光荣的事情呢，她居然叫给我做。这是我长这么大第一次当班干部。"我已经不知道怎么阻止表弟不再继续胡思乱想下去了，劳动委员这种事情，一定是班里没人愿意当才让表弟去做的，他居然还这么开心。表弟说，现在他每天放了学都认认真真地打扫卫生，一丝不苟的，他觉得一定不能辜负了郭洁的希望。

"劳动委员是需要自己每天都劳动的吗？"

表弟慷慨陈词地告诉我："其他人做会扫得不干净的，所以我决定自己扫啊。"最后表弟又继续央求我教他打篮球，我刚想问他为什么不跟班里的男生一块打，但我马上意识到，这个问题不用问也知道答案。于是我很无奈地充当起表弟的篮球教练，从最基本的运球、突破、上篮教他。他倒是学得很刻苦，就是没什么长进。

有一天晚上下了晚自习，表弟抱着一个球去找郭洁，说要打球给她看，此时的郭洁推着自行车，莫名其妙地看了他一眼便骑车离开。表弟觉得，郭洁一定是在考验自己，于是表弟抱着球跟郭洁一块跑，一直绕了两个路口表弟都一直跟着，郭洁便把车停下来让表弟赶紧回家，别跟着来了。

表弟说："你愿意和我做朋友吗？"

郭洁实在有些不耐烦，便支支吾吾地说："你只要不跟着我，我就答应你。"表弟便笑滋滋地回去了。

他告诉我，原来不用学篮球也可以跟郭洁交朋友。于是表弟便把篮球丢掉了。

但是表弟开始练习引体向上，因为他听体育老师说这样子可以长高。表弟说，他每天晚上都会看到有高年级的男生到班里来给郭洁送信，郭洁每次都不拆开全把信放在抽屉里。我不得不佩服表弟细致入微的观察。表弟说，郭洁有好多人追啊，郭洁长得很漂亮呢，细细白白的皮肤，平刘海，长睫毛，笑起来像树袋熊。我很好奇为什么可以把一个女生的笑联想到树袋熊，而不是河马、犀牛之类的。当然，我觉得表弟的形容实在没什么特别的（除了树袋熊）。

表弟就这么痴痴地扫了一年多地，做了一年多的引体向上，但他既没有多长高一些，也没有和郭洁的关系更加亲密。他又开始想起了赵小蕙。于是他到她家去找她。她家里人说她在下面那条街拐角的酒吧上班。表弟沿着路一直走，大老远便看到赵小蕙站在店门口，穿着不合身的露肩露背的吊带装，高跟鞋，脸上涂着红红的胭脂，但那块大大的疤痕仍旧是看得出来。赵小蕙招呼着表弟进到酒吧里，表弟听不清楚她在说什么，他受不了里边震耳欲聋的声音，来不及跟赵小蕙告别便走了。他突然有些难过，但是却说不出原因。他沿着小巷一路走，暗暗的灯光把地面照得坑坑洼洼。表弟说他那时想起了郭洁。

其实不只是那天晚上，他平时常常会梦到郭洁。

表弟又继续投入他那打扫的光荣事业中去。不过他开始有了新念头，他每天留下来打扫的时候都会特意都留在郭洁的桌子边看很久，他想看看有没有什么蛛丝马迹。后来有一天他壮着胆子趁没人的时候把锁撬开。他看到里面是满满一抽屉的信还有各种各样的巧克力和棒棒糖。表弟像发现了什么惊天秘密一样高兴，原来郭洁喜欢巧克力和棒棒糖。但他忽的又涌来一丝伤感，他只有牛杂呀，郭洁怎么会喜欢牛杂呢？他便决定要攒钱给郭洁买很多棒棒糖。

撬锁的事情几乎所有人都认为是表弟干的，事实也确实是他干的。郭洁检查了自己的东西发现没有少什么，但她还是很生气，她指着表弟骂："你真不要脸！"然后说他监守自盗便不让他当劳动委员了。表弟很难过，但他也更下定了决心要给郭洁买礼物。虽然不继续当劳动委员了，但是表弟却光荣伏法，接受扫地的处罚。他只是少了个班委的身份，每天仍旧勤勤恳恳地扫地。扫完地以后他会把垃圾拿去倒，然后捡垃圾池里的瓶子收集起来卖。这么一扫一捡的，居然马上就要毕业了。

中考以后，表弟把攒来的钱买了厚厚一包巧克力和棒棒糖。他要亲手送给郭洁，并且花了好大功夫打听郭洁的下落。最后他只能失落地告诉我，她们全家都移民去美国了，如果要亲自送过去的话，还要攒两张机票的钱。表弟难过地望着我，我说，你干脆自己把那些糖吃了吧。表弟还是舍不得，他就把把这些糖都收了起来。

表弟浑浑噩噩读了高中，人缘还是一样的烂，一样交不到朋友，只有脸上的麻子还一直跟着他不舍得走掉。高中这三年，他也没跟我提起什么女孩，大概他心里还念着郭洁吧，又或者是赵小蕙呢？反正我也不想猜。

高考成绩出来的时候，大家似乎都在意料之中，一点也不激动，也没有什么失望的，三本的分数，读不起大学了。他妈妈问他愿不愿意去广东打工，表弟答应了，于是坐着长途汽车去了广东。他在远亲的安排下进了一间电子配备厂装零件。学得是慢了点，但是挺勤快。他就在那能够安定下来了。这年头，有份稳定的工作也挺不容易的。

等我大学毕业的时候回了趟家里，听说表弟也刚回来，还带了女朋友回来准备结婚。我有些惊讶，虽然是近三年没有看到表弟了，我仍旧觉得不可思议。她女朋友长得还挺标致，瓜子脸大眼睛，就是说话有些泼辣。表弟看起来倒是苍老了很多，没有发财也没有变帅。他说女朋友是在工厂里头认识的。表弟女朋友一直管着他，表弟在她面前就像一只温顺乖巧的动物。后来谈婚论嫁了，表弟的妈妈把这些年攒的钱全给了表弟让他办场风风光光的婚礼。我也提早祝福了他们。或许表弟算是找到自己的幸福了吧。

然而婚还没结成，那女的便跑了，还是带走了表弟妈妈留给他所有的钱跑的。那女的走之前还在楼下的小卖部买了包烟，老板恭喜她要结婚的时候她轻蔑地说了声："我怎么可能嫁给个麻子呢？"这话终于还是传到了表弟的耳朵里。

他很难过，但不是为了丢了钱，也不是为了丢了媳妇。他又找到了赵小蕙，此时的赵小蕙换了很多家酒吧，但还是干起了舞女的工作，画着浓妆接客人。

　　表弟很难过地问她："我脸上的麻子真的有那么讨人厌吗？"赵小蕙不说话了。表弟突然发现赵小蕙脸上的疤居然不见了。表弟更难过了。赵小蕙告诉表弟，沿着这条街往南直走在巷子里有一家小店可以祛疤的。

　　"那可以祛掉脸上的麻子吗？"赵小惠说应该可以吧。

　　表弟瞒着家里人去做了手术。他当时一直想着自己脸上要是没了麻点女朋友会回心转意，甚至当年的郭洁也会爱上他，想着想着便笑了起来。

作者简介
FEIYANG

　　陆俊文，1992 年出生于广西。（获第十三届新概念作文大赛一等奖，第十四届新概念作文大赛一等奖）

植物链  ◎文/王君心

一 阿草

阿草是个女生。这外号当然不是她自己取的，纯粹是初中部那帮小女生瞎嚷嚷她是"校草"叫出来的。

利落的短发，眼角微微向上挑，有人说过她的眼睛里藏着舞影，瞳仁墨黑但是清亮。除了左手腕上的手表，不带任何首饰，干干净净。格子衬衫牛仔裤，白色板鞋，色调鲜明得不假思索。

别人觉得怎么样，阿草一向都无所谓。初中时她也有过长发白裙飘的年代，也会含蓄地抿嘴微微笑。变成现在这样不过是中考结束后突发奇想，留了十多年的头发太碍事，骑单车穿裙子也不方便。

实际上阿草远没有大多数人想得那样飞扬跋扈，她也有很多理不清的小思绪，她不知道太过张扬会引来很多不必要的麻烦，她真正关注的范围不比指甲盖大上多少，比如时时为自己的数学和物理揪心感慨。

她觉得自己此生干过的最疯狂最大胆的事，莫过于为了提高数学，决定暗恋数学老师。在这个出发点积极向上，实施起来却阻力重重的决定面前，阿草采取了一切手段，包括深夜逼迫自己想起数学老师在风中凌乱的头发，讲解函数题时清炯炯的目光，以及检查自己的作

业时流露出迷茫的眼神。

事实是，她终于看清了现实：一个在生活中不管多么有魅力的人，只要一走上讲台，精神亢奋唾沫横飞地讲解习题，他的魅力就复归于零了。

阿草没有特别要好的朋友，不过她和所有人都处得还算融洽。平时和她交流最多的，是坐在她后桌的一个男生，数学极好。说白了他们的交流就是一问一答，在稿纸上来来回回地算啊算，最后总要落得一个筋疲力尽一个歇斯底里。

这么一笔带过有点过分，要多补上几句，也就是他们在初中时就认识了。

那时的阿草还是长裙飘飘的纯真形象，那天她蹦蹦哒哒地走在学校门前的一段下坡路，一男生就牵着自行车从身边擦过，青蛙势的一蹦，跳上坐垫向前滑去，嘴边鼓鼓的还模拟引擎的声音。那场面着实有点儿喜感……

阿草没有丝毫的掩饰，很放肆地笑了起来，吓到了一些本想笑没来得及笑的同学。倒是那个小男生察觉了其中的不自然，乖乖地停下车，小脸儿羞得红扑扑，扭头问她："真有那么好笑吗？"

"是啊……笑死我了，你学得好像……"阿草还在笑，很夸张，眼泪都要流出来了，完全没有要停下的样子。

男生于是尴尬地站在原地，有点不知所措。他看着长发白裙笑得直爽不加掩饰的女生，让两侧汹涌的人流都淡化为背景。心情一点点好转起来。

从此以后两个人见面居然还会正儿八经地打招呼，最后考上同一所高中分进了同一个班，真是可喜可贺。

二　阿花

阿花的原名是刘国建。至于为什么不是"建国"，大概因为他是

1994年生的。但是这么个铿锵有力掷地有声的名字为什么会被"阿花"取而代之，理由很简单，和阿草有关。

阿花喜欢阿草，整个班除了阿花自己，谁都看得出来。对，也包括阿草。坐在阿草身后，每日含辛茹苦地帮她讲题目的是他，初中时曾被她的笑声所震慑的尴尬男生是他，说她眼睛里藏着舞影的人也是他。

和阿草有这么多联系，"阿花"慢慢地就被叫上口了。不要问我这是什么逻辑，我认为理解起来相当容易。

阿花喜欢阿草，虽然证据确凿，他自己愣是没发现。与其说他不善表露，不如说是习惯成自然。他早就习惯了前桌女生并无恶意的奚落，对方因为自己而哈哈大笑时也能露出很自然的表情。他自己也觉得有些事情分得太清反而不好，保持原状他就心满意足。

阿花一向是个品学兼优的好孩子，任班长一职，板寸头，脸晒得微黑。不像初中时那么容易脸红了，一副温温的凶不起来的模样，永远的白衣黑裤，在这点上他似比阿草还执着。

除了学习，阿花另有一个古怪特长，没多少人知道：他能记住书的味道。

每一本杂志，小说，甚至是课本，只要到他手上，他就会先闻闻味道。比如某某杂志的油墨味太冲鼻，像油漆；某某出版社的书总有一股腐木的味道；而他最喜欢的一类书有淡淡的黄豆清香，就像小时候做珠心算的习题册，一旦沉陷其中就不能自拔了。久而久之，阿花甚至能分出一家网店卖的书是否为正版，因为各家出版社的油墨味是不一样的。

这个怪癖迟迟没有人发现，除了他不经意间对一个女生提起过。

生活总是乏善可陈。阿花偶有一次被推上风口浪尖，也是因为阿草。

那次轮到他做值日生，倒畚斗时经过操场的西北角，赶巧就是撞见阿草被几个太妹模样的女生团团围住。那女生一巴掌还没落下来，他就挥舞着畚斗冲上去了。小妹妹们被几声有如马嘶的嚎叫镇住，一扭头正对上一双血红的眼睛，咄咄逼人的气势以及不断漏出垃圾在空中挥舞的畚斗，吓得惊魂未定，于是一哄而散。

"你没事吧？"阿花把畚斗一扔，问。

阿草只是耸耸肩，大大咧咧地拍拍衣角，说："没事了没事了，谢谢你啊。"

"她们是怎么回事？"

"没什么，就是看我不爽……不如我帮你把垃圾扫干净吧啊。"

那是他们第一次独处，背景是夕阳下的操场和洒落一地的垃圾。最后是阿花用自行车载阿草回家的，两人都各怀心事，一声不吭。只有一个路人的心哗啦啦碎了一地。

顺理成章地，三天后阿花被人在走廊里堵住了。其中一个心理素质较好的认出阿花是老师们捧上天的宝，留了几句耀武扬威的警告，就散伙了。

事情暂告一段落。

三　阿藤

阿藤是女生,她的真名是"子藤",至于姓氏你只需知道她不姓"杜"就好。

阿藤手脚纤细消瘦，墨黑长发，眼神总是不安定，脸色白皙，清一色的长衬衫，淡淡的水墨图饰，不是莲就是兰或是梅，棉布鞋上也绘着水墨鲤鱼。

那天她把伞落在学校，回去取时恰巧撞见阿花载着阿草从眼前驶过。三人同班，微微点头就算打了招呼。阿藤注意到阿草的眼眶是红的，她好奇发生了什么事，因为性格使然没有多问。但在前边奋力踩着踏板的是阿花啊，她听到自己的心哗啦啦碎了。

阿藤也不想回去取什么伞了。她想起前几天也是在这里，阿草和同班的另一个女生走过，那个女生一脸惨白地说："完了我的数学就这点分数，我的心碎了碎了。""有什么关系，用胶棒或者透明胶补补呗。"阿草轻描淡写的一句，就把伤心欲绝的女生逗得眉开眼笑。阿藤想自己永远也做不到像阿草那样干脆利落，无所畏惧。即便是为了阿花。

阿藤是班里的学习委员，按理来说接触阿花的机会有很多，但实际情况是她一看阿花就语塞脸红，说不出一句话，白白错失了很多机会。

最大胆的一次她记得那天在学校寄午，班上稀稀拉拉的没有多少人。阿藤在预习下午的功课，阿花则在打瞌睡。

时钟敲过一点，对阿藤而言，这是个被魔法束缚的时刻。午后洪暖的阳光撒在窗口，浅绿色的窗帘被风掀起，流金的尘埃里蘸满了昏昏欲睡。阿花就在这时候醒来，他轻轻伸了一个懒腰，不拘小节，那么慵懒的样子，周身都散发着植物的清香，教室的空气一下子被浣得那么干净。

阿藤看得呆住了，时间像枕头一样变得蓬软。她不确定是不是自己太困了，但是这幕景象在日日夜夜的回想中吸收了更多魔法的成分，变得不真实起来。

她知道阿花有闻书香的习惯，是一次还她的书时阿花无意提起的。阿藤也试着闻了闻书的味道，她发现只有被阿花借过的那本书里，有淡淡的，很悠然的气息。

阿藤没有和别的男生有过太多接触，唯一的例外是帮她同桌递情书给一个后排的男孩。

那个男生篮球打得极好，在年段的女生中也享有极高的声誉，但是阿藤根本无动于衷。估计是看在阿藤犹如尼姑一般心静如水的心态，同桌才把这一重任委托与她。

阿藤本来就是不善于拒绝的人，于是低头红着脸，在那个男生打完篮球回班的同时，将情书递到他面前："我朋友写给你的。请你一定要认真看。"说完就快步走开了。

后来阿藤回想这件事还是有一点后悔,后悔在于她怎么能用"认真"这个词呢?说得跟笔记似的。书呆子。她责骂自己。

但是,她不知道,这个瞬间对另一个当事人而言,可谓是完美无缺了。

四　阿树

你已经知道了,阿树就是那个接到情书的男孩。

他可以说是后排男生中典型的典型。身材高大挺拔,五官棱角分明,平时在教室里蒙着一副病快快的表情,一上球场就跟脱了壳似的,威风凛凛的完美动作啊,挥洒青春汗水时半眯的眼睛啊,把场边一群女生的眼睛撩拨得锃亮锃亮。

这类男生一般都胸无点墨且胸无大志,多少女生对阿树眉目传情他都不明其中,其实只需一星火光就能把这截枯柴熊熊点燃。

阿藤把情书递到阿树面前时,阿树觉得自己的人生被翻开了崭新的一页,升华到一个全新的阶段。长发白衣的女生就站在自己面前,兰草一样清恬。思维出现断层的时候,他完全没听见女生究竟说了什么,等回过神来,对方的长发已经消失在教室门口的左边。

阿藤不知道,阿树很早就开始关注自己。只是以他在球场上就足以消耗干净的智商,根本没能注意到两人就在一个班,一个屋檐下读了几个月的书。

阿树第一次见到阿藤源于暑假里的数学补课。那个干巴巴的数学老师无论长相还是表情都酷似监狱长。每天晚上,在弥漫着浓浓烟味的房间里,油腻腻的饭桌上,灯光昏暗,虫蛾缭绕,十来个学生摊开作业本簌簌地做题目,除了下笔的声音再无其他。以至于一同学习了几周时间,手肘碰手肘地接触,却彼此连长相都记不住。

偏偏是最后一次补课结束,穿过长长的楼道,有一条排满了玉兰花树的小巷子。仲夏的玉兰花粉饰一样微微地香,恰到好处地给寂静的夜晚带来轻轻音律。阿树没来由地注意到那个长发白衬衫的女生，像一枚月白色的玉兰花瓣。画面瞬间定格，挥之不去。男生的想法简单且俗气，但影响深远。两人一前一后保持十步的距离走了很久，穿过两条马路，最后还是分开了。

阿树回头看了那封情书，发现署名并不是阿藤，便扔在一旁不管不顾。他明白自己的心意，觉得该做点什么，必须有所行动。请不要太难为他，这是他除了篮球外想得最多的一次了。

五　植物链断了

我之所以绞尽脑汁地把这四个人的关系一层层理下来并不是为了阐明"螳螂捕蝉，黄雀在后"的阴谋论，也不是为了接下来的一件事。虽然它奇怪地把四个人聚在一起，让四幕独角戏于同一天收场。

起因经过结果都很简单。那天阿花在阿草的桌子底下捡到一张纸条，简练地写着："今晚六点半，操场，我们把账算清。"

阿花不动声色地把纸条还给阿草，从她脸上的表情里证实了纸条上信息的新鲜度。

"今晚？"他问。

"嗯。"

"你打算怎么办？"

"什么怎么办？我一个人去呗，大不了被打一顿，事情就完了。"

"完了你妹。你疯了吗，你不能去——"

"难道你和我一起去？"阿草似笑非笑地翻翻眼睛，"你就安心读你的书吧。"

阿花知道自己再多说也无益，这是他插不了手的事，而且以阿草的性格肯定会一个人赴约。不过，他不会就这么想想就算了的。

他是好学生，有威信。他是班长，有班上的花名册，简言之就是有全班同学的手机号码，他也有年段每个班班长的联系方式。傍晚放学，阿花只用了15分钟，编辑了一条短信，发给全班同学——当然除了阿草——及各班班长，让他们互相通知转告年段同学：学校临时决定进行消防演练，今晚六点半，在操场集中。

阿花没有料到的是，今晚和上次不一样，阿草照样单枪匹马赴约，对方却来了整整一群，而且时间略有提前。所幸同学们来得很准时，并且对此类事件一直抱有积极态度，等太妹们注意到已经被围观群众牢牢围住时，阿草虽然已经挨了几下，但是至少还站着。

阿花是第一个冲破人群撞到场地中心的。他的轨道犹如直径把这个圆破开，伸手拽过阿草就往人群里跑。瞬间被人流淹没。下一刻，几个素来和阿草交情不错的女生这才意识到发生了什么事，脑子一热，张牙舞爪地打破围观圈。"你凭什么打她？""说！你是几班的？""外校的来我们学校干嘛？"……女生对友谊的捍卫有时可以达到难以想象的程度。随之而来的是他们的同班同学，连续不断的尖叫声又吸引了更多注意，更多人从四面八方涌来，一群学生推推搡搡，搅和得沸沸扬扬，场面一时失控。简直是一出闹剧。

阿花绝对绝对没有料到事情会闹得这样大。他原想多来些人让她们打不成就好了，没想事件的漩涡不断扩散。

阿藤也在队伍里，等她反应过来时，四下里已经混乱不堪。她急急忙忙地想退出，又忍不住四处搜寻阿花的身影。几次差一点被人群撞倒。忽然间，就被一只手扣住手腕，磕磕碰碰地跑了几步，总算脱离混乱。

与此同时，阿花已经带着阿草跑到了教室走廊上，两个人刹住脚步，倚在墙上大口喘气。

十七秒后，阿花听到阿草用大大咧咧的，不加掩饰的声音对自己说："我知道你喜欢我。我们在一起吧。"

他愣在原地，随即很快就笑起来，傻里傻气的。就像当年那个被女孩震天动地的笑声震慑住的小男孩，有一样的局促和瞎紧张，不过心情却是好的。

阿藤则被阿树带去了另一个方向，风不断刮过耳边，声音清脆。她还没理清思绪，就听到跑在前头的男生支吾了片刻，一字一顿地说："我，喜，欢，你。"

阿藤红了脸，没有回答。但她对眼前的男生一下子有了难以言语的好感。他看起来那么傻气，可就是和什么时候的自己，很像，很像。

作者简介
FEIYANG

　　王君心，1994 年出生，一个真诚开朗的女生，喜欢阅读，喜欢书法，喜欢交友。从小学五年级开始写作，从 2007 年开始至今已陆续在《福州日报》《少年文艺》《少年文艺·写作版》等发表二十多篇作文、童话。(获第十四届新概念作文大赛一等奖)